F. Scott Fitzgerald

El Gran Gatsby
y El extraño caso de Benjamin Button

Colección *Filo y contrafilo* dirigida por
Adrián Rimondino y Enzo Maqueira.

Ilustración de tapa: Fernando Martínez Ruppel.

El Gran Gatsby y El extraño caso de
Benjamin Button
es editado por
EDICIONES LEA S.A.
Av. Dorrego 330 C1414CJQ
Ciudad de Buenos Aires, Argentina.
E-mail: info@edicioneslea.com
Web: www.edicioneslea.com

ISBN 978-987-718-162-3

Primera edición. Impreso en Argentina.
Septiembre de 2014. Arcángel Maggio-División libros.

Fitzgerald, Francis Scott
    El gran Gatsby. El extraño caso de Benjamin Button. - 1a ed. - Ciudad
Autónoma de Buenos Aires : Ediciones Lea, 2014.
    224 p. ; 23x15 cm. - (Filo y contrafilo; 33)

    ISBN 978-987-718-162-3

    1. Narrativa Estadounidense. I. Título
    CDD 813

F. Scott Fitzgerald

El Gran Gatsby
y El extraño caso de
Benjamin Button

Selección y prólogo de Enzo Maqueira

EDICIONES Lea

Introducción

No es raro que la figura de Francis Scott Fitzgerald se agigante con el paso del tiempo. Dueño de una prosa delicada, con pasajes poéticos de extrema belleza estética, supo narrar como pocos las miserias de las clases acomodadas de la sociedad norteamericana de principios de siglo XX, en los alegres tiempos del jazz pero también en medio del dolor de la Primera Guerra Mundial. Mezcló, en iguales dosis, la parafernalia afectada de los ricos con el buen gusto y las emociones más profundas, sobre todo el amor, la pasión y la melancolía. *El gran Gatsby* y *El extraño caso de Benjamin Button*, sus obras más reconocidas, condensan lo mejor de este autor nacido en Saint Paul, Minnesota, el 24 de septiembre de 1896. Estudió en institutos de prestigio, sobre todo la Universidad de Princeton, a la cual ingresó en 1913. Sin embargo, en 1917 debió abandonar sus estudios para alistarse en el ejército de los Estados Unidos y combatir en la Primera Guerra Mundial. Para entonces ya escribía, y si bien el conflicto bélico terminó poco tiempo después y él no llegó a viajar a Europa, temía morir sin haber dejado una obra que lo trascendiera. Con ese objetivo en mente escribió su primera novela, *The Romantic Egotist*, durante su entrenamiento militar en Louisville y luego en Alabama; pero los editores a quienes envió la obra la rechazaron, no sin alentarlo a que continuara escribiendo.

Por esos años conoció a su futura mujer, Zelda Sayre, la típica *femme fatale* sofisticada y mundana que luego reproduciría en muchas de sus obras, como los personajes de Daisy y Hildegarde en las obras que presentamos en este libro. Se comprometieron en 1919 y se establecieron en New York. Aunque Fitzgerald trabajaba para una agencia de publicidad, el dinero que recibía no parecía suficiente para que Zelda sintiera seguridad. Ella lo dejó y nuestro escritor volvió a la casa paterna en Saint Paul, donde se abocó a la corrección de su novela rechazada hasta darle la forma con la que fue publicada, en 1920, bajo el título *This side of paradise* (*A este lado del paraíso*). La novela hacía foco en las jóvenes de la época, dueñas de una rebeldía que entonces resultaba escandalosa, amantes del jazz, el juego de la seducción y las polleras cortas. Conocidas como "flappers", se trataba de mujeres independientes y arriesgadas que se apartaban del rol social hasta entonces reservado para su género. *This side of paradise*, aunque todavía inmadura, fue un éxito de ventas y Zelda, que era una típica representante de esas jóvenes, por fin tuvo la seguridad que necesitaba para arriesgarse a la aventura del casamiento. El matrimonio tuvo una hija, Frances, que nació en 1921.

Sin embargo, los ingresos no fueron suficientes. Fitzgerald comenzó a escribir historias para revistas como Saturday Evening Post, Collier's Magazine y Esquire. *El extraño caso de Benjamin Button* fue publicado en *Collier's Magazine* en 1921 y luego formaría parte del libro *Tales of the Jazz Age* (*Cuentos de la edad del jazz*). Cuenta la historia de un hombre que nace siendo un anciano y crece en sentido inverso. Siempre a contramano de sus contemporáneos, su propia familia y lo que la sociedad espera de él, Benjamin Button apenas puede disfrutar de unos pocos años de su vida, la conquista de su primer amor, los tiempos de la guerra y cierto éxito como deportista. El resto del tiempo sufre la anomalía de su desarrollo en una narración donde conmueve la belleza de la prosa de Fitzgerald, así como su capacidad para acompañar a su personaje tanto en el argumento y su subjetividad como en la construcción del discurso. El cuento fue llevado al cine en 2008 y es uno de los textos mundialmente famosos del autor.

Además de ingresos escuetos pero necesarios, la publicación de textos en revistas le reportaban a Fitzgerald una cierta fama que, sumado al alto nivel de vida que llevaba con Zelda, lo convirtieron en un personaje social muy popular de su tiempo, emulando, de algún modo, a quienes él mismo corporizaba en su obra. Ser popular y darse el nivel de vida que se esperaba de él (y que alentaba Zelda) lo arrastraba a problemas financieros de los cuales salía gracias a préstamos o, esporádicamente, la venta de los derechos de sus textos para convertirlos en películas. En 1922 publica *The Beautiful and Damned* (*Hermosos y malditos*), obra que evidencia un gran avance literario y que sirve de preparación para *The Great Gatsby* (*El gran Gatsby*), de 1925, sin dudas lo mejor de su producción.

La novela cuenta la historia de un personaje misterioso que ofrece lujosas fiestas en su mansión de la costa este de los Estados Unidos. Nadie sabe demasiado de él, pero la clase alta, las mujeres más bellas y sofisticadas y su vecino, el Señor Carraway –quien narra la historia– aceptan ser parte de la diversión. Con el tiempo, Carraway sabrá lo suficiente de Gatsby como para revelar su secreto. ¿Es

Gatsby un asesino? ¿Un contrabandista? ¿Por qué ofrece esas lujosas fiestas en las cuales rara vez se da a conocer? Además de ser un retrato preciso de una personalidad compleja como la del protagonista, la novela aborda la situación de la llamada "Generación perdida", estadounidenses nacidos en la última década del siglo XIX que debieron crecer de golpe ante la Primera Guerra Mundial, que soportaron la ley seca y el crack del 30 mientras, al mismo tiempo, prosperaban los clubes de jazz y se sentaban las bases de un nuevo tipo de mujer, que fascinaba y hacía temer a los hombres por igual. "Muéstrame un héroe –decía Scott Fitzgerald– y te escribiré una tragedia". *El Gran Gatsby*, sin dudas, recorre el camino de un héroe poco común que debe luchar para no perder aquello por lo que realmente le importa vivir. ¿Y qué podría ser más importante para un hombre que lo tiene todo?

Durante la década del 20, Fitzgerald viajó varias veces a Europa, principalmente a París. Es la época que tan bien relata Woody Allen en su película *Medianoche en París*: jazz, copas de whisky, personajes extravagantes y la presencia de varios escritores norteamericanos, como Ernest Hemingway (1899-1961), con quien entabla un vínculo estrecho. Tenía una vida que cualquiera podría juzgar envidiable, pero Zelda, que era una gran bebedora y desde siempre había tenido un comportamiento errático, había comenzado a mostrar síntomas de una enfermedad mental grave: la esquizofrenia.

A partir de 1930, la salud de Zelda y las dificultades económicas fueron dos preocupaciones que no abandonaron al escritor. En 1932 su mujer fue internada en Baltimore. Scott Fitzgerald alquiló una finca cercana al hospital, donde continuaba trabajando en sus novelas. En este período escribió *Tender Is the Night* (*Suave es la noche*), otra de sus grandes obras, publicada en 1934, en donde gran parte de sus dificultades reales aparecen en la forma de una ficción.

La década del 30, con su *crack* financiero, arrastró también la economía de Fitzgerald hasta un peligroso abismo. Debió hacer a un lado su producción literaria para escribir ficciones breves y guiones para Hollywood, principalmente para la Metro Goldwyn Mayer. De todos modos alcanzó a empezar una novela más, *The Love of the Last Tycoon*, que nunca concluyó y que de todos modos fue publicada en 1941 de forma póstuma y llevada al cine con el nombre de *El último magnate*, en 1976. Para entonces, Zelda nunca más había salido de la red de institutos psiquiátricos de la costa este de los Estados Unidos y Fitzgerald, que nunca dejó de amarla, había comenzado, sin embargo, una relación con Sheilah Graham en el otro lado del país. No era su única compañía: el alcohol, que siempre había sido parte de su vida, le quemaba en las manos y le ocasionó serios problemas de salud, entre ellos dos ataques cardíacos; el segundo, el 21 de diciembre de 1940, lo llevó a la muerte. Fue en el departamento que compartía con su amante en Hollywood. Zelda, por su parte, murió en 1948 víctima de un incendio en un psiquiátrico de Carolina del Norte. Los restos de ambos descansan en el cementerio de Saint Mary, en Rockville, Maryland. Como los personajes de sus libros, Fitzgerald había vivido asediado por las tensiones entre el dolor y la belleza, la vida y la muerte, el amor y el desenfreno.

E.M.

El gran Gatsby

Una vez más,
para Zelda

Entonces ponte el sombrero dorado, si con eso la conmueves;
Si eres capaz de rebotar alto, hazlo por ella también,
Hasta que grite: "Amante, amante de sombrero dorado,
de rebote alto, ¡tú debes ser mío!".

Tomas Parke D'Invilliers

I

En mis años jóvenes y de mayor vulnerabilidad mi padre me dio un consejo que desde aquellos tiempos me ha dado vueltas en la cabeza: "Cuando sientas deseos de criticar a alguien –me dijo– recuerda que no todo el mundo tuvo las mismas oportunidades que tú tuviste".

No dijo nada más, pero como siempre hemos tenido una comunicación excepcionalmente buena, pese a ser muy reservados, comprendí que quería decir mucho más que eso. Por tal motivo, soy una persona dada a reservarme todo juicio, costumbre que me ha facilitado el conocimiento de gran número de personas singulares, pero que también me ha hecho víctima de más de un molesto crónico. La mente anormal detecta con rapidez esta cualidad y se apega a las personas normales que la poseen. Por haber sido testigo de las penas secretas de aventureros desconocidos, en la universidad se me acusó injustamente de ser político. No busqué la mayor parte de estas confidencias; casi siempre fingía tener sueño o estar preocupado; o cuando, merced a algún signo inconfundible, me daba cuenta de que en el horizonte asomaba la revelación de alguna confidencia, mostraba una hostil indiferencia. Y es que las revelaciones íntimas de los jóvenes, o al menos la forma en que las formulan, por regla general son plagios o se encuentran deformadas por supresiones obvias. Reservarse el juicio es asunto de una esperanza infinita. Todavía hoy temo un poco perderme de algo si olvido que, como lo insinuó mi padre en forma pretenciosa —y yo lo repito de igual modo—, el sentido fundamental de la decencia es repartido al nacer de un modo desigual.

Y tras jactarme de este modo de mi tolerancia, es preciso admitir que tiene un límite. La conducta puede estar afianzada en la dura piedra o en la humedad del pantano, pero luego de cierto punto me tiene sin cuidado en qué se funde. Cuando regresé del Este en el otoño, sentí deseos de que el mundo estuviera de uniforme y con una especie de eterna vigilancia moral; no deseaba más excursiones desenfrenadas con vistazos de privilegio al corazón humano. Sólo Gatsby, el hombre que da su nombre a este libro, Gatsby, quien representaba todo lo que siempre he desdeñado, estuvo eximido de mi reacción. Si la personalidad es una serie constante de gestos exitosos, entonces había algo fabuloso en él, una sensibilidad extrema hacia las promesas de la vida, como si tuviera alguna conexión con esos complejos aparatos que registran terremotos a diez mil millas de distancia. Esta sensibilidad no tenía nada que ver con la capacidad de impresionarse que se muestra como digna bajo el nombre de "temperamento creativo". Se trataba de un extraordinario don para la esperanza, una presteza romántica que jamás he encontrado en nadie y que probablemente no vuelva a hallar jamás. No, Gatsby resultó bien al final; es lo que pilló a Gatsby, ese polvillo que flotaba en la estela de sus sueños, lo que mató por un tiempo mi interés por la tristeza repentina y las dichas efímeras de los hombres.

Mi familia ha sido prominente, gente de bien en esta ciudad del Oeste Medio durante tres generaciones. Los Carraway son una especie de clan, y tenemos la tradición de ser descendientes de los duques de Buccleuch; pero el verdadero fundador de la rama a la cual pertenezco fue el hermano de mi abuelo, que vino en el año cincuenta y uno, envió un reemplazo a la Guerra Civil y fundó el negocio de ferretería mayorista que mi padre administra hoy.

Jamás conocí a este tío abuelo, pero se supone que soy parecido a él, en especial tal como se lo ve en un retrato bastante duro que cuelga en la oficina de mi padre. Me gradué en New Haven en 1915, exactamente un cuarto de siglo después de que mi padre lo hiciera, y al poco tiempo fui parte de aquella emigración teutónica tardía conocida como la Gran Guerra. Disfruté tanto en el contraataque que el regreso fue demasiado tranquilo. En lugar de ser todavía el cálido centro del universo, el Oeste Medio se había convertido en el raído extremo del mundo, lo cual motivó que decidiera marchar hacia el Este y aprender el negocio de bonos y valores. Todos mis conocidos estaban en este campo y me parecía que podía brindarle el sustento a un soltero más. Mis tíos hablaron del asunto como si estuviesen escogiendo un colegio para mí, y al fin dijeron: "Pues... Está bien", con grandes dudas y caras largas. Mi padre aceptó mantenerme durante un año, y luego de postergarlo varias veces, me vine para el Este definitivamente, o al menos así lo creía entonces, en la primavera del año veintidós.

Lo mejor habría sido encontrar alojamiento en la ciudad, pero como estábamos en una estación calurosa y yo recién abandonaba una región de grandes campos y árboles frondosos, acepté cuando un campanero de la oficina me insinuó que alquiláramos juntos una casa en un pueblo cercano. Él fue quien la encontró, por ochenta dólares mensuales, una casa de campo prefabricada, con paredes de cartón, golpeada por los elementos. Sin embargo, a último minuto la empresa lo envió a Washington y debí marchar al campo solo. Tenía un perro –o al menos lo tuve durante algunos días, antes de que escapara–, un viejo Dodge y una criada oriunda de Finlandia que me tendía la cama, preparaba el desayuno y repetía máximas finlandesas junto a la estufa eléctrica.

Me sentí solo durante un día o un poco más; hasta que, una mañana, un hombre más recién llegado que yo me detuvo en la carretera.

–¿Por dónde se llega al pueblo de West Egg? –me preguntó desorientado.

Se lo indiqué, y cuando seguí mi camino ya no me sentía solo: era un lugareño, un baquiano, un colono original. Sin quererlo, él me había otorgado el derecho a considerarme un vecino del lugar.

Y entonces, gracias al sol y a los brotes de hojas que nacían en los árboles, a la forma en que todo crece en las películas de cámara rápida, sentí la familiar convicción de que la vida volvía a empezar junto con el verano. Además, tenía mucho para leer y mucha salud que arrebatarle al aire joven y alentador. Me compré una docena de obras sobre bancos, crédito y papeles de inversión, que se erguían en el estante, en rojo y oro, como dinero recién acuñado, prometiendo revelar los resplandecientes secretos que sólo Midas, Morgan y Mecenas conocían. Tenía también los mejores deseos de leer muchos otros libros. En la universidad fui de esos estudiantes que se inclinan por la literatura –durante un año escribí varios editoriales obvios y llenos de solemnidad para el *Yale News*–, y ahora traería de nuevo estas cosas a mi vida, para convertirme en el más limitado de los especialistas, el "hombre cultivado". Esto no es sólo un epigrama; al fin y al cabo, la vida se puede contemplar mucho mejor desde una sola ventana.

Por azar alquilé una casa en una de las comunidades más extrañas de América del Norte. Se situaba en una isla bulliciosa y delgada que se extiende por todo el Este de Nueva York, y en la que hay, entre otras curiosidades naturales, dos raras formaciones de tierra. A veinte millas de la ciudad, un par de enormes huevos, idénticos en contorno y separados sólo por una bahía pequeña, penetran en el cuerpo de agua salada más dócil del hemisferio occidental, el gran corral húmedo de Long Island Sound. Al igual que el huevo de la historia de Colón, no son óvalos perfectos, sino que están aplastados en el punto por donde hacen contacto, y su parecido físico siempre debe confundir a las gaviotas que los sobrevuelan. Para las criaturas no aladas, un fenómeno más llamativo es lo disímiles que son en todo, excepto tamaño y en forma.

Yo vivía en West Egg, el bueno, el lugar menos de moda de los dos, aunque éste es un rótulo demasiado superficial para explicar el bizarro y no poco siniestro contraste que existe entre ellos. Mi casa se ubicaba en la punta misma del huevo, a sólo cincuenta yardas del estuario, ahogada por dos inmensos palacetes que se alquilaban por doce o quince mil dólares la temporada. El de mi derecha era, visto desde cualquier ángulo, un enorme caserón, imitación perfecta de un Hôtel de Ville de algún pueblo normando, con una torre a un lado, tan nueva que relucía bajo una delgada barba de hiedra silvestre, una piscina de mármol y cuarenta cuadras de jardines y prados. Era la mansión de Gatsby. En realidad, puesto que aún no conocía al señor Gatsby, era la mansión donde habitaba el caballero de este apellido. Mi casa era una vergüenza a la vista, pero una vergüenza pequeña, y por eso no le habían hecho caso; y es así como yo disponía de vista al agua, vista parcial a los prados de mi vecino y la consoladora proximidad de los millonarios... todo por ochenta dólares al mes.

Al otro lado de la pequeña bahía, se sucedían a lo largo de la costa los palacetes blancos de los refinados habitantes de East Egg; la historia de este verano comienza en realidad la tarde en que fui a cenar a la casa de los Buchanan. Daisy era prima segunda mía y a Tom lo conocí en la universidad. Cuando la guerra había por fin terminado, pasé dos días en Chicago junto con ellos.

Entre varias hazañas físicas, su esposo había llegado a ser uno de los más poderosos punteros que hayan jugado alguna vez al fútbol americano en New Haven; era, de alguna manera, una figura de renombre nacional. Se trataba de uno de esos hombres que a los veintiún años han descollado tanto en un campo limitado que todo lo que sigue tiene poco sabor. Su familia era acaudalada en extremo. De hecho, cuando estaba en la universidad se le reprochaba su libertad con el dinero. Pero él ya se había mudado de Chicago y había llegado al Este en un estilo que quitaba el aliento. Por ejemplo, se hizo traer, desde Lake Forest, una cuadrilla de caballos de polo. Era difícil imaginar que un hombre de mi generación tuviera tanto dinero como para hacer algo semejante.

No sé por qué vinieron al Este. Habían permanecido un año en Francia sin ninguna razón particular y luego se movieron de un lugar a otro, yendo siempre allí donde hubiera jugadores de polo y gente con quien disfrutar de su dinero. Daisy me dijo por teléfono que esta mudanza era definitiva, pero no le creí. Conocía poco el corazón de mi prima, pero sentía que Tom andada siempre con algo de ansiedad en busca de la dramática turbulencia de un partido de fútbol que ya nunca podría vivir.

Fue así como, en una noche cálida y ventosa, me encontré viajando hacia East Egg con el propósito de visitar a dos viejos amigos a quienes apenas conocía. Su casa era aún más recargada de lo que esperaba, una mansión colonial georgiana, en alegres rojo y blanco, con vista a la bahía. La grama comenzaba en la playa y a lo largo de una distancia de un cuarto de milla subía hacia la puerta del frente, sorteando relojes solares, muros de ladrillo y flamantes jardines, para acabar, al llegar a la casa, trepando a los lados en enredaderas brillantes, que parcelan producidas por el impulso de su carrera. La fachada se interrumpía con una hilera de ventanales franceses, relucientes por el oro reflejado y abiertos de par en par a la cálida y fresca tarde. Tom Buchanan, en traje de montar, estaba de pie en el pórtico delantero, con las piernas separadas. Había cambiado desde los días de New Haven. Se había convertido en un hombre en sus treinta, robusto y de cabellos pajizos, de boca más bien dura y postura altiva. Sus ojos brillantes y arrogantes habían establecido su dominio sobre el rostro, haciéndole aparecer siempre como echado hacia adelante con agresividad. Ni siquiera su traje de montar afeminado y ostentoso lograba esconder el enorme poder de aquel cuerpo; llenaba las lustrosas botas de modo que los cordones más altos parecían a punto de reventar, y se podía ver la gran masa muscular moverse cuando el hombro cambiaba de posición bajo su chaqueta delgada. Era un cuerpo capaz de implementar un gran poder; un cuerpo que ostentaba crueldad.

Su voz era seca y áspera, y aumentaba la impresión de desprecio que comunicaba. Al hablar tenía un toque de desdén paternalista, incluso cuando se dirigía a personas que sí apreciaba, y en New Haven eran varios los que realmente lo detestaban. "Mira, no creas que yo en esto tengo la última palabra –parecía decir–, sólo porque soy más fuerte y más hombre que tú". En la universidad habíamos pertenecido a la misma hermandad y aunque jamás fuimos íntimos, siempre tuve la impresión de que tenía de mí una buena opinión, y de que, con esa ansiedad brusca y provocativa tan propia de él, deseaba que yo lo apreciara.

Conversamos unos minutos en el pórtico, bajo el rayo del sol.

—Esto aquí es bonito —dijo, dando un vistazo rápido a su alrededor.

Haciéndome girar por el antebrazo, movió una de sus manos anchas y aplanadas para señalar el paisaje, incluyendo en su barrido un jardín italiano en desnivel, media cuadra de rosas intensas y turgentes y un bote con motor fuera de borda, de nariz levantada, que hacía salir la marea de la playa.

—Perteneció al petrolero Demaine —me volvió a hacer girar una vez más, al mismo tiempo cortés y abrupto—. Entremos.

Pasamos por un corredor de techo alto y llegamos a un alegre espacio de colores vivos, apenas integrado a la casa por ventanales franceses a cada lado. Los ventanales blancos estaban abiertos de par en par y resplandecían contra el césped verde de la parte de afuera, que parecía entrar un poco en la casa. El aire soplaba a través del cuarto, haciendo que la cortina de un lado se elevara hacia dentro y la del otro lado lo hiciera hacia afuera, como banderas pálidas, enroscándolas y lanzándolas hacia la escarchada cubierta de bizcocho de novia que era el techo, para después hacer rizos sobre el tapiz vino tinto, formando una sombra sobre él, como el viento cuando sopla sobre las olas del mar.

El único objeto completamente inmóvil en el cuarto era un enorme sofá en el que se hallaban dos mujeres a flote como sobre un globo anclado. Ambas vestían de blanco y sus trajes revoloteaban ondulados como si hubieran aterrizado luego de un corto vuelo por los alrededores de la casa. Permanecí unos instantes escuchando cómo revoloteaban las cortinas y cómo crujía el retrato de la pared. Cuando Tom cerró el ventanal de atrás se sintió una especie de golpe; y entonces el viento atrapado murió en el cuarto, y las cortinas y los tapetes y las dos mujeres descendieron cual globos, suavemente, hasta el piso.

La menor de ellas me era desconocida. Se extendía a lo largo en un extremo del sofá, totalmente inmóvil, con su pequeño mentón ligeramente levantado, como si estuviera equilibrando en él algo que fácilmente podía caer. Si me vio por el rabillo del ojo, no dio ninguna muestra de ello; incluso me sorprendí a mí mismo a punto de ensayar una disculpa por haberla molestado con mi irrupción. La otra joven, Daisy, hizo el intento de levantarse; se inclinó un poco hacia adelante, con expresión consciente, y luego emitió una risita absurda y encantadora, yo también reí y entré a la habitación.

—Estoy pa... paralizada de la felicidad.

De nuevo rió, como si hubiera dicho algo muy ingenioso, me estrechó la mano un momento, me miró a la cara, y juró que no había nadie en el mundo a quien deseara tanto ver. Era un truco propio de ella. En un susurro me dijo que el apellido de la joven equilibrista era Baker (he oído decir que el susurro de Daisy sólo tenía la utilidad de hacer que la gente se inclinara hacia ella; era una crítica sin importancia que no le quitaba ningún tipo de atractivo).

De todos modos, los labios de la señorita Baker se movieron un poco, me hizo un gesto casi imperceptible con la cabeza y acto seguido volvió a echarla hacia atrás. Era obvio que el objeto que sostenía en equilibrio se había tambaleado, provocándole un pequeño sobresalto. De nuevo una especie de disculpa llegó a mis labios. Casi cualquier exhibición de total autosuficiencia arranca de mí un atónito tributo.

Volví a mirar a mi prima, que comenzó a formularme preguntas con su voz queda y excitante. Es el tipo de voz que el oído sigue en sus altos y bajos, como si cada emisión fuese un arreglo musical que nunca jamás volverá a ser ejecutado. Su rostro era triste y bello, sus ojos brillaban y también brillaba su boca; pero su voz era tan sensual que a los hombres que la amaban les resultaba difícil de olvidar:

una tonada apremiante, el susurro de un "escúchame", la promesa de que acababa de llevar a cabo acciones ricas y emocionantes, de que se avecinaban otras acciones excitantes de un momento a otro.

Le expliqué que en mi viaje hacia el Este había pasado un día en Chicago y que una docena de personas le habían enviado saludos.

—¿Me extrañan? —exclamó con emoción.

—La ciudad se encuentra desolada. Todos los autos pintaron de negro la llanta izquierda trasera como corona fúnebre, y a lo largo de la costa norte, durante la noche entera, se escucha un permanente gemido.

—¡Qué maravilla! ¡Regresemos, Tom, mañana mismo! —y agregó, como sin darle importancia— Tienes que conocer a la niña.

—Me encantaría.

—Está dormida. Tiene tres años. ¿Nunca la has visto?

—Jamás.

—Entonces debes conocerla. Es...

Tom Buchanan, que había estado moviéndose con inquietud de un lado a otro del cuarto, se detuvo y apoyó su mano en mi hombro.

—¿Qué es de tu vida, Nick?

—Esclavo de los bonos.

—¿Con quién?

Le conté con quiénes.

—No los he oído nombrar —comentó con seguridad.

Eso me molestó.

—Ya sabrás de ellos —contesté de modo seco—. Si te quedas en el Este, sabrás.

—Pues claro que me quedaré aquí, créeme —dijo, dirigiéndole una mirada a Daisy y de nuevo una a mí, como si estuviera pendiente de algo más—. Sería un tonto si me fuera a otra parte.

En aquel instante la señorita Baker dijo: "¡Seguro!", de modo tan abrupto que me hizo sobresaltar. Era lo primero que decía desde que yo entrara al cuarto. Era evidente que esto la sorprendió tanto a ella como a mí, porque dio un bostezo, y con una serie de movimientos rápidos y precisos se puso de pie y se integró al cuarto.

—Estoy dura —se lamentó—, llevo recostada en este sofá desde que tengo memoria.

—No me mires a mí —replicó Daisy—. Me he pasado toda la tarde intentando convencerte de que vayamos a Nueva York .

—No, te agradezco —le dijo la señorita Baker a los cuatro cócteles que acababan de traer desde la despensa—. Estoy en pleno entrenamiento.

Su anfitrión la miró incrédulo.

—¡Que más da! —se bebió el trago como si no fuera más que una gota en el fondo del vaso—. No me explico cómo logras llevar a cabo alguna cosa a veces.

Miré a la señorita Baker para entender qué es lo que lograba "llevar a cabo". Disfrutaba observándola. Era una chica esbelta, de pequeños pechos y porte erguido acentuado por su modo de echar los hombros y el cuerpo hacia atrás, como un cadete joven. Sus ojos grises, entrecerrados por el sol, me devolvieron la mirada con una curiosidad recíproca y cortés desde su rostro pálido, encantador e insatisfecho. Pensé que en el pasado la había visto a ella o una fotografía suya en alguna parte.

—Usted vive en West Egg —dijo con desprecio—. Conozco a alguien allí.

—No conozco a nadie.

—Usted debe conocer a Gatsby.

—¿Gatsby? ¿Cuál Gatsby? —preguntó Daisy.

Antes de que pudiera responder que se trataba de mi vecino anunciaron la comida. Irrumpiendo con su fuerte brazo en el mío, Tom Buchanan me sacó de la habitación como quien mueve una ficha de damas a otro cuadro.

Esbeltas y lánguidas, con sus manos suavemente posadas sobre las caderas, las dos jóvenes nos precedieron en la salida a la terraza de colores vivos, desplegada al atardecer, en donde cuatro velas titilaban sobre la mesa en el viento que ya había calmado.

–¿Velas? ¿A qué de debe? –objetó Daisy, frunciendo el ceño y procediendo a apagarlas con los dedos–. Faltan dos semanas para el día más largo del año –nos miró con alegría–. ¿No te sucede que esperas el día más largo del año y después se te pasa por alto? Yo siempre espero el día más largo del año y después se me pasa por alto.

–Tenemos que organizar algún programa –bostezó la señorita Baker, sentada a la mesa como si estuviera a punto de irse a dormir.

–Está bien –dijo Daisy–. ¿Qué podemos hacer? –se volvió hacia mi, compungida– ¿Qué hace la gente?

Sin darme tiempo a contestarle, miró su dedo meñique con expresión de dolor.

–¡Mira! –se quejó– Está lastimado.

Todos miramos. Tenía el nudillo amoratado.

–Fuiste tú, Tom –dijo, acusadora–. Sé que no tuviste intención, pero fuiste tú. Me lo merezco por haberme casado con un bruto, una especie de hombre grande y grueso, un verdadero mastodonte.

–Detesto esa palabra –replicó Tom con cierto malhumor–. Me molesta incluso en broma.

–¡Mastodonte! –insistió Daisy.

Algunas veces ella y la señorita Baker hablaban al tiempo, con disimulo y con una frivolidad chismosa que de ningún modo podía considerarse una conversación. Se mostraban tan frías como sus vestidos blancos y sus ojos impersonales, vacíos de todo deseo. Se encontraban en este lugar y nos aceptaban a Tom y a mí; hacían sólo un cortés y afable esfuerzo por entretener o ser entretenidas. Sabían que muy pronto terminarían de cenar y muy pronto también la tarde, como si nada importara, sería arrinconada. En esto, el Oeste era por completo diferente, pues allí una velada se precipitaba de etapa en etapa hasta llegar a su fin, defraudadas siempre las expectativas, o a veces en total pavor del momento mismo.

—Tú me haces sentir poco civilizado, Daisy —confesé al calor de mi segundo vaso de un trago espectacular—. ¿No puedes hablar de las cosechas o algo por el estilo?

No me refería a nada en especial cuando hice este comentario, pero fue recibido de un modo que no esperaba.

—La civilización se está derrumbando —estalló Tom con violencia—. Me he vuelto un terrible pesimista en la vida. ¿Has leído *El auge de los imperios de color,* escrito por ese tipo Goddard?

—Oh, no —respondí, en verdad sorprendido por su tono.

—Pues se trata de un magnífico libro que todo el mundo debería leer. La tesis es que, si nos descuidamos, la raza blanca será aplastada por completo. Es algo científico. Está demostrado.

—Tom se nos está volviendo muy profundo —dijo Daisy con una expresión de tristeza indiferente—. Lee libros plagados de palabras largas. ¿Qué palabra fue aquélla que...?

—Pues cómo te parece que esos libros son científicos —insistió Tom, mirándola con impaciencia—. Ese tipo entiende cómo son las cosas. Es tarea nuestra, de la raza dominante, estar atentos para que otras razas no se apoderen del control.

—Deben ser aplastadas —murmuró Daisy, parpadeando con ferocidad hacia el ferviente sol.

—Ustedes deberían vivir en California —comenzó la señorita Baker, pero Tom la interrumpió, moviéndose pesadamente en su asiento.

—El asunto es que nosotros somos nórdicos. Yo lo soy, tú lo eres, tú también y... —después de dudar por un microsegundo incluyó a Daisy moviendo la cabeza y ella me guiñó el ojo de nuevo–, y nosotros hemos sido los artífices de todo aquello que conforma la civilización... ciencia, arte y todo lo demás, ¿ves?

Su concentración tenía algo de patetismo, como si su complacencia, más aguda que en épocas anteriores, ya no fuera suficiente. Cuando, a continuación, el teléfono repicó adentro y el mayordomo se retiró del balcón, Daisy aprovechó la interrupción para inclinarse hacia mí.

–Te voy a contar un secreto de la familia –murmuró con entusiasmo–. Es sobre la nariz del mayordomo. ¿Quieres saber algo sobre la nariz del mayordomo?

–Para eso vine hoy.

–Bien: él no siempre fue un vulgar mayordomo; solía ser el brillador de unas personas en Nueva York que tenían un servicio de plata para doscientas personas. De la mañana a la noche debía darle brillo, hasta que luego de un tiempo comenzó a tener problemas con su nariz.

–Las cosas fueron de mal en peor –insinuó la señorita Baker.

–Así es. Fueron de mal en peor hasta que debió renunciar al puesto.

Por un instante, el último rayo de sol cayó con afecto amoroso sobre su rostro iluminado; su voz me obligó a inclinarme hacia adelante, sin aliento mientras la oía. Cuando por fin se fue la luz, cada uno de los rayos abandonó su rostro con pesar, como los niños cuando se ven obligados a abandonar la calle donde han jugado hasta la llegada de la noche.

A su regreso, el mayordomo le dijo a Tom en secreto algo que lo puso de mal humor; echó entonces hacia atrás su silla y sin decir palabra entró en la casa. Como si la ausencia de su marido hubiera encendido algo en ella, Daisy se inclinó hacia adelante de nuevo, su voz ardiente y melodiosa.

–Me encanta verte en mi mesa, Nick. Me recuerdas una rosa..., toda una rosa, ¿no? –giró hacia la señorita Baker en busca de confirmación– ¿Verdad que sí?

No era cierto. No tengo ni el más mínimo parecido a una rosa. Lo que ella hacía era improvisar, pero derrochaba una calidez excitante, como si su corazón estuviera tratando de llegar hasta uno, oculto detrás de alguna de aquellas palabras emocionantes, emitidas sin aliento. De pronto arrojó la servilleta sobre la mesa, pidió disculpas e ingresó en la casa.

La señorita Baker y yo intercambiamos una rápida mirada, por completo desprovista de significado. Estaba a punto de hablar cuando ella se sentó atenta y dijo "chist" en tono de advertencia. Desde el cuarto aledaño llegaba un murmullo contenido pero cargado de pasión, y la señorita Baker, sin ningún tipo de vergüenza, se inclinó hacia adelante para escuchar mejor. El murmullo vibró en los límites de la coherencia, se redujo, creció con violencia y por fin se apagó.

—Este señor Gatsby de quien usted me habló es mí vecino —dije.

—No hable. Quiero oír qué pasa.

—¿Sucede algo? —indagué inocente.

—¿Quiere decir que no lo sabe? —dijo la señorita Baker, francamente sorprendida—. Yo pensé que todo el mundo estaba enterado.

—Yo no.

—Pues —dijo con algo de duda—, Tom tiene una mujer en Nueva York.

—¿Tiene una mujer? —repetí con calma.

La señorita Baker hizo un gesto afirmativo.

—Debería tener la decencia de no llamarlo en el horario de la comida, ¿no cree?

No tuve tiempo de terminar de entender lo que quería decir cuando se oyó el revoloteo de un traje y el crujido de unas botas de cuero, y Tom y Daisy regresaron a la mesa.

—¡No se pudo evitar! —exclamó Daisy con una expresión tensa en el rostro.

Se sentó, dio una mirada inquisitivo a la señorita Baker, otra a mí, y continuó:

–Me asomé y afuera está muy romántico. Hay un pájaro en el campo que debe ser un ruiseñor llegado en un barco de la Cunard o de la White Star. Está cantando...–cantó su voz–; qué romántico, ¿no es verdad, Tom?

–Mucho –observó él, y entonces, angustiado, se dirigió a mí.

–Si hay buena luz después de cenar, te llevo a los establos.

Abruptamente, el teléfono volvió a sonar. Daisy le hizo a Tom un gesto contundente con la cabeza, de modo que el tema del establo, o en realidad todos los temas, desaparecieron en el aire. Entre los fragmentos rotos de los últimos cinco minutos pasados en la mesa recuerdo que, sin motivo, encendieron de nuevo las velas, y tengo conciencia de que yo deseaba mirar de frente a cada uno de ellos, y al mismo tiempo quería evitar todos los ojos. No podía adivinar qué pensaban Daisy y Tom, pero dudo que incluso la señorita Baker, que parecía dueña de un atrevido escepticismo, fuera capaz de hacer caso omiso de la penetrante urgencia metálica de este quinto huésped. A ciertos temperamentos, la situación podría parecerles fascinante... Sin embargo, a mí el instinto me impulsaba a llamar cuanto antes a la policía. De más está decir que los caballos no se volvieron a mencionar. Tom y la señorita Baker, con varios centímetros de crepúsculo entre ambos, se encaminaron hacia la biblioteca, como si fueran a velar un cuerpo perfectamente tangible, mientras yo, tratando de parecer satisfecho e interesado, y un poco sordo, seguí a Daisy por una serie de corredores que iban a dar al pórtico delantero. En medio de su profunda oscuridad, nos sentamos uno junto al otro en un diván de mimbre.

Daisy palpó el hermoso óvalo de su propio rostro con las manos, y sus ojos se dirigieron gradualmente a la aterciopelada penumbra. Al ver que se encontraba atrapada por emociones virulentas le hice algunas preguntas sobre su pequeña hija, preguntas que esperaba que la tranquilizaran.

–No nos conocemos bien, Nick –dijo de repente–; por más que seamos primos. No viniste a mi boda.

–No había regresado de la guerra.

–Es cierto –dudó–. Pues, sí, Nick. He tenido malas experiencias y me he convertido en una persona cínica con respecto a todo.

Era claro que contaba con motivos para serlo. Esperé, pero no agregó nada más. Tras algunos minutos volví, tímidamente, a preguntarle por su hija.

–Supongo que hablar, come y todo eso.

–Oh, sí, por supuesto –me miró indiferente–. Escucha, Nick, te voy a contar lo que dije cuando ella nació. ¿Deseas oírlo?

–Claro.

–Te dará una muestra de la clase de persona en la que me he convertido. Bien, la niña llevaba menos de una hora de nacida y Tom estaba quién sabe dónde. Me desperté del éter con un sentimiento de total desamparo, y ahí mismo le pregunté a la enfermera si era niño o niña. Me dijo que niña, y entonces volteé la cara y lloré. "Esta bien" –dije–, "me alegra que sea una niña. Pero espero que sea tonta..., lo mejor que le puede suceder a una niña en este mundo es ser una hermosa tontita". Como puedes ver –prosiguió convencida–, pienso que el mundo es horrible, se mire como se mire. Todo el mundo lo cree, incluso la gente más avanzada. Pero yo lo sé. He estado en todas partes, lo he visto todo y lo he hecho todo –sus ojos, desafiantes como los de Tom, se movieron veloces a mi alrededor con emotivo desprecio–. ¡Refinada! ¡Oh, Dios, si soy refinada!

En el instante en que se quebró su voz, dejando de atraer mi atención y mi credulidad, me di cuenta de la falta de sinceridad básica de cuanto había dicho. Me hizo sentir incómodo, como si toda la velada no hubiera sido sino una especie de truco destinado a suscitar en mí una emoción que le sirviera de apoyo. Esperé. Tal como esperaba, un segundo después me miró con la más postiza de las sonrisas en su hermoso rostro, que confirmaba su pertenencia a una sociedad secreta muy distinguida, de la que ella y su marido eran miembros.

Adentro, el cuarto carmesí resplandecía. Tom y la señorita Baker se estaban sentados en los extremos del largo sofá, y ella le leía en voz alta un artículo del *Saturday Evening Post*; susurraba las palabras con una voz monótona que fluía en una melodía relajante. La luz de la lámpara brillaba en las botas de Tom y se opacaba en el cabello de la joven, de color amarillo como el de las hojas del otoño, al tiempo que se reflejaba en el periódico en el momento en que ella volteó la página con una crispación de los delgados músculos de sus brazos. Cuando entramos levantó una mano para pedirnos que nos mantuviéramos en silencio.

–Continuará –dijo arrojando el periódico sobre la mesa–. En nuestro próximo número.

Luego se puso de pie afirmando su cuerpo con un movimiento inquieto de la rodilla.

–Las diez de la noche –dijo, como si hubiera visto la hora en el techo–. Es la hora en que las niñas buenas se van a la cama.

–Jordan jugará en el torneo de mañana –dijo Daisy–. En Westchester.

–Ah... De modo que usted es Jordan Baker.

Ahora entendía por qué su rostro me había parecido tan familiar; su agradable expresión de desdén me había mirado desde muchas fotografías de fotograbado de la vida deportiva de Asheville y Hot Springs y Palm Beach. También había oído una historia sobre ella, desagradable y negativa, pero hace mucho tiempo había olvidado de qué se trataba.

–Hasta mañana –dijo con voz suave–. Despiértenme a las ocho, ¿sí?

—Si te levantas.

—Sí, desde luego. Buenas noches, señor Carraway. Nos veremos de nuevo.

—Claro que lo harás —confirmó Daisy—. Es más, me dan ganas de arreglar un matrimonio. Ven a menudo, Nick, y yo, ¿cómo decirlo? Me encargaré de que uno caiga en los brazos del otro. Qué buena idea, los dejaré encerrados accidentalmente en los armarios de la ropa blanca, los embarcaré en un bote a alta mar o algo por el estilo...

—Buenas noches —gritó la señorita Baker desde las escaleras—. No oí nada.

—Es una buena muchacha —dijo Tom luego de unos instantes—. No deberían permitirle dar vueltas por todo el país de esta manera.

—¿Quién no debería? – preguntó Daisy con frialdad.

—Su familia.

—Su familia sólo está conformada por una tía que tiene como cien años de edad. Además, Nick va a cuidar de ella; ¿verdad, Nick? Ella pasará muchos fines de semana con nosotros durante este verano. Creo que la influencia de un hogar pude resultarle de mucho provecho.

Daisy y Tom se miraron en silencio.

—¿Es de Nueva York? —pregunté con prisa.

—De Louisville. Allí pasamos nuestra tierna infancia. Nuestra hermosa e inocente...

—¿Le abriste tu corazón a Nick en la terraza? —preguntó Tom de repente.

—¿Lo hice? —me miró—. No lo recuerdo. Me parece que hablamos de la raza nórdica. Sí, fue eso. No sé cómo se nos metió ese tema, y cuando menos lo pensamos...

—No creas todo lo que te cuenta, Nick— me aconsejó Tom.

Le resté importancia y respondí que no había escuchado nada. Luego me levanté para marcharme a casa. Los dos salieron hasta la puerta conmigo y se pararon, cada uno a un lado, en un alegre cuadrado de luz. Cuando encendí el auto Daisy me llamó con voz imperiosa:

—¡Espera!

—Olvidé hacerte una pregunta importante. Supimos que estabas comprometido con una chica de allá del Oeste.

—Cierto —continuó Tom, con gentileza—. Nos dijeron que estabas comprometido.

—Calumnias. Soy demasiado pobre.

—Pero lo oímos decir —insistió Daisy, sorprendiéndome al abrirse de nuevo como una flor—. Se lo oímos a tres personas, de modo que debe ser cierto.

Yo, por supuesto, sabía a qué se referían, pero no estaba ni remotamente comprometido. El hecho de que los chismosos hubieran publicado sus amonestaciones fue una de las razones que me trajeron al Este. No es lógico dejar de salir con una vieja amiga por hacerle caso a los rumores; pero, por otra parte, no tenía intenciones de que sus chismes me obligaran a casarme.

El interés que Tom y Daisy mostraron por mí logró conmoverme en cierta medida y los hizo un tanto menos ricos, aunque sea remotamente; de todos modos, me sentía confundido y un poco asqueado cuando me marché. Me parecía que Daisy debía irse cuanto antes de la casa con la niña; pero todo parecía indicar que no tenía intenciones de hacerlo. Con respecto a Tom, el hecho de que tuviera "una mujer en Nueva York" me sorprendía muchísimo, menos que ver de qué modo se hallaba abatido por un libro. Algo lo empujaba a mordisquear los bordes de unas ideas rancias, como si su robusto egoísmo físico no fuera suficiente para alimentar aquel corazón demandante.

El verano ya se reflejaba en los techos de las hosterías y en las estaciones de camino donde las nuevas bombas de gasolina rojas se erguían en medio de sus fuentes de luz; cuando llegué a mi predio en West Egg puse el auto bajo el cobertizo y me senté un rato sobre una podadora abandonada en el césped. El viento se había ido, dejando una noche ruidosa y brillante, con alas que batían en los árboles y el persistente sonido de un órgano a medida que los fuelles abiertos de la tierra les insuflaban vida a los sapos. La silueta de un gato en movimiento se recortó contra los rayos de la luna, y al volver mi cabeza para mirarlo, me di cuenta de que no me encontraba solo: a unas cincuenta yardas, la figura de un hombre con las manos en los bolsillos, observando de pie la pimienta plateada de las estrellas, había emergido de las sombras de la mansión de mi vecino. Algo en sus movimientos pausados y en la posición segura de sus pies sobre el césped me indicó que era Gatsby en persona, que había salido para decidir cuál parte de nuestro firmamento local le pertenecía.

Decidí llamarlo. La señorita Baker lo había mencionado en la comida y esto era suficiente para una presentación. Pero no lo hice, ya que mostró un repentino indicio de que estaba feliz en su soledad: estiró los brazos hacia las aguas oscuras de un modo curioso y, aunque yo me encontraba lejos de él, puedo jurar que temblaba. Sin pensarlo, miré hacia el mar, y lo único que distinguí fue una luz verde lejana y minúscula que parecía ser el extremo de un muelle. Cuando volví a mirar hacia Gatsby, ya había desaparecido y yo me encontraba solo, una vez más, en medio de la turbulenta oscuridad.

II

Casi a medio trecho entre West Egg y Nueva York el camino se une con la carretera y corre a su lado durante un cuarto de milla, como si escapara de un área desolada de la tierra. Es un valle de cenizas, una granja fantástica donde las cenizas crecen como el trigo a lo largo de cerros, colinas y jardines; un valle donde las cenizas toman la forma de casas, chimeneas y humo en ascenso, e incluso, con un verdadero esfuerzo, la forma de hombres grises que se mueven cobijados por la niebla, a punto de desplomarse y a través de la atmósfera cubierta de polvo. De vez en cuando una hilera de autos grises pasa reptando a largo de un sendero invisible, emite un traqueteo fantasmagórico y se detiene; acto seguido, unos hombres grises como la ceniza se trepan con palas plomizas y agitan una nube impenetrable que tapa su oscura operación a la vista.

Pero encima de la tierra gris y de los espasmos del polvo desolado que todo el tiempo flota sobre ella, se pueden percibir, al cabo de un momento, los ojos del T.J. Eckleburg. Los ojos del T.J. Eckleburg son azules y enormes, con retinas que miden tanto como una yarda. No se asoman en un rostro sino tras un par de enormes gafas amarillas que se posan sobre una nariz minúscula. Es evidente que el oculista loco y pícaro los colocó allí con el objetivo de aumentar su clientela del sector de Queens, y después se hundió en la ceguera eterna, los olvidó o se mudó. Pero sus ojos, un poco desteñidos por tantos días al sol y al agua sin recibir pintura, cavilan sobre el solemne basurero.

Por uno de sus lados, el valle de las cenizas limita con un riachuelo fétido, y cuando se abre el puente levadizo para que pasen las barcazas, los pasajeros de los trenes que esperan pueden observar la triste escena, a veces hasta por media hora. Siempre es necesario hacer una parada en ese lugar, aunque sea de un minuto. Fue gracias a esta parada que conocí a la amante de Tom Buchanan.

Allí donde lo conocieran se comentaba que Tom tenía una amante. Sus amigos veían con malos ojos que se presentara con ella en los restaurantes más populares y que la dejara sentada para ir de mesa en mesa a conversar con cualquier conocido. Yo tenía cierta curiosidad por saber cómo era ella, aunque no deseaba conocerla. Hasta que me tocó en suerte. Una tarde subí a Nueva York con Tom en tren, y al detenernos junto a los morros de ceniza, él se levantó de un salto, me tomó del codo y literalmente me sacó del vagón.

–Bajemos –insistió–. Quiero que conozcas a mi chica.

Supongo que durante almuerzo había bebido más de la cuenta, pues su decisión de que yo lo tenía que acompañar era casi violenta y se basaba en la suposición arrogante de que yo no tendría nada mejor que hacer en una tarde de domingo como ésa.

Salté detrás él la reja bajita y blanqueada que separaba el camino y retrocedimos unas cien yardas por la ruta, bajo la persistente mirada del doctor Eckleburg. El único edificio a la vista era un pequeño bloque de adobe amarillo, acomodado a la orilla del basurero, que daba la impresión de ser como una calle principal compacta y que no lindaba absolutamente con nada. Uno de los tres almacenes que había allí estaba en alquiler; otro era un restaurante de aquellos que abren toda la noche y al que se llegaba por un sendero de cenizas, y el tercero era un taller: *Reparaciones. George B. Wilson. Compraventa de autos*; y entré tras Tom. El interior, casi vacío, mostraba la falta de prosperidad. El único auto visible era una chatarra de Ford que, cubierto de ceniza, se encontraba agazapado en un oscuro rincón. Pensaba que este sombrío taller debía ser tan sólo una mampara y que escondidos en el piso de arriba habría una serie de apartamentos lujosos y románticos, cuando el dueño en persona apareció en la puerta de la oficina, limpiándose las manos en un trapo sucio. Era un hombre rubio, apagado, anémico y con cierta belleza. Cuando nos vio, un cálido rayo de esperanza apareció en sus ojos celestes.

–Hola, Wilson, viejo–dijo Tom, dándole una jovial palmada en el hombro–. ¿Cómo van los negocios?

–No me puedo quejar –contestó Wilson sin mucho convencimiento–. ¿Cuándo me vas a vender ese auto?

—La semana que viene. Un hombre está trabajando en él justo en este momento.

—Es muy lento, ¿cierto?

—No, no lo es —dijo Tom, cortante—. Y si tú lo piensas de ese modo, quizás decida venderlo mejor en alguna otra parte.

—No quería decir eso —se apresuró a explicar Wilson—. Sólo que...

Su voz se apagó y Tom dio una mirada impaciente por todo el taller. Oí entonces pasos en una escalera; poco después, una figura femenina gruesa tapó la luz de la puerta del local. Era una mujer de unos treinta años largos, bastante robusta, que llevaba con sensualidad el exceso de carnes como algunas hembras saben hacerlo. Su rostro sobresalía por encima de un traje de *crêpe de chine* azul oscuro y no mostraba ningún rasgo o destello de belleza; sin embargo se notaba de inmediato que rebosaba de una vitalidad tal que los nervios de su cuerpo parecían mantenerse en permanente ebullición. Esbozó una sonrisa suave y, caminando a través de su esposo como si el hombre fuera un fantasma, le dio la mano a Tom con sus ojos fijos en él. Entonces se humedeció los labios y, sin girar, le dijo a su esposo con la misma voz suave y ronca:

—Trae algunas sillas, ¿quieres?, para que alguien se pueda sentar.

—Oh, claro —respondió Wilson de inmediato y se dirigió a la pequeña oficina, mezclándose en el acto con el color cemento de las paredes. Un polvillo blanco de ceniza velaba su traje oscuro y sus cabellos pálidos, de la misma manera como lo velaba todo en aquel vecindario, excepto a su esposa, que se acercó a Tom.

—Deseo verte —dijo Tom resueltamente—. Toma el próximo tren.

—Listo.

—Nos encontramos en el kiosco de las revistas del nivel bajo.

Ella aceptó con un gesto de la cabeza y se alejó de él justo en el momento en que George Wilson salía con dos sillas por la puerta de su oficina.

La esperamos en la ruta, más abajo, donde no podíamos ser vistos. Faltaban unos pocos días para el 4 de julio, y un niño italiano, gris y débil se entretenía con unos cohetes de pólvora que hacía estallar a lo largo del camino.

—Terrible lugar, ¿no? —dijo Tom, con un gesto serio que repitió el doctor Eckleburg.

—Horrible.

—A ella le sienta bien alejarse de aquí.

—Y el marido, ¿no pone reparos?

—¿Wilson? Cree que va a visitar a una hermana en Nueva York. Es tan tonto que ni siquiera sabe que está vivo.

Fue así como Tom Buchanan, su chica y yo subimos juntos a Nueva York; mejor dicho, no íbamos juntos en realidad, pues, discreta, la señora Wilson viajaba sentada en otro vagón. Esto era lo máximo que Tom concedía a la sensibilidad de los habitantes de East Egg que estuvieran viajando en el tren. La señora Wilson se había cambiado el vestido por uno de muselina marrón estampada que se le pegó en las anchas nalgas cuando Tom le ayudó a subirse a la plataforma en Nueva York. En el kiosco compró una copia del Town Tattle y una revista de cine, y en la droguería de la estación una crema limpiadora y un frasco de perfume. Una vez arriba, en el imponente canal repleto de ecos, dejó que se fueran cuatro taxis antes de seleccionar uno nuevo, color lavanda y tapizado en grises. Nos deslizamos dentro de él y nos fuimos alejando de la mole de la estación en dirección al sol resplandeciente. Unos instantes más tarde, la señora se retiró con brusquedad de la ventana, se inclinó hacia adelante y tocó en el vidrio del frente.

—Quiero uno de esos perros —dijo con toda seriedad—. Me gustaría para el apartamento. Es hermoso tenerlos..., un perro.

Retrocedimos hasta dar con un anciano gris que tenía un absurdo parecido con John D. Rockefeller. En una canasta colgada de su cuello estaban agazapados unos diez o doce cachorros recién nacidos, de raza indefinida.

—¿De qué raza son? —preguntó la señora Wilson con interés, cuando el hombre se acercó a la ventanilla del taxi.

—De todas las razas. ¿De cuál lo quiere, señora?

—Me gustaría un perro policía, aunque supongo que no tendrá esa raza.

Dudando, el hombre se asomó a la canasta, metió la mano y sacó por la nuca un perrito que se retorcía.

—Este no es un perro policía —dijo Tom.

—No es exactamente un perro policía —dijo el hombre, con cierta decepción—. Parece más un Airedale —acarició el lomo marrón—. Mire ese pelo. ¡Qué capa! Este perro nunca la va a molestar con resfriados.

—Me parece divino —dijo la señora Wilson con entusiasmo—. ¿Cuál es su precio?

—¿Este perro? —lo miró con admiración—. Éste cuesta diez dólares.

El Airedate —sin duda tenía algo de esa raza, aunque sus patas eran sorprendentemente blancas— cambió de manos y se acomodó en el regazo de la señora Wilson, que comenzó a acariciar con devoción la piel a prueba de inclemencias del tiempo.

—¿Es niño o niña? —preguntó con delicadeza.

—¿Ese perro? Es un niño.

—Es una perra — dijo Tom de mala manera—. Aquí tiene su dinero. Vaya y cómprese diez más como éste.

Continuamos hacia la Quinta Avenida. El día era prístino y caluroso de un modo tal que no me hubiese extrañado ver una manada de ovejas pastando en una esquina.

—Deténgase — dije yo —. Tengo que dejarlos aquí.

—Ni riesgos —interpuso Tom de inmediato—. Myrtle se ofendería si no subes al apartamento. ¿No es así, Myrtle?

—Vamos— insistió ella—. Llamaré a mi hermana Catherine. Los que saben de eso dicen que es muy bonita.

—Pues, sí, me gustaría, pero...

Seguimos camino, pasando otra vez por el parque, hacia los lados de la calle 100 Oeste. En la calle 158 el taxi se detuvo frente a una de las manzanas de largos apartamentos. Echando una melancólica mirada de regreso al vecindario y luego a su dulce hogar, la señora Wilson recogió su perro y todas las otras compras y entró con altivez.

—Voy a hacer venir a los McKee —anunció mientras subíamos en el ascensor—. Además, también tengo que llamar a mi hermana, por supuesto.

El apartamento quedaba en el último piso: una salita, un pequeño comedor, una alcoba pequeña y un baño. La salita estaba atiborrada hasta las puertas por un juego de muebles capitoneados demasiado grandes para el lugar, de modo que moverse en ella significaba tropezar a cada momento con escenas de damas meciéndose en los jardines de Versalles. El único cuadro era una fotografía ampliada, parecida a una gallina echada sobre una piedra borrosa pero que, vista desde la distancia, se convertía en sombrero, y el semblante de una mujer anciana y robusta resplandecía sobre el salón. Sobre la mesa había varios números viejos del Town Tattle junto a un volumen de *Simón llamó a Pedro* y algunas copias de revistas sobre los escandaletes de Broadway. La primera preocupación de la señora Wilson fue el perro. El desganado ascensorista se marchó en busca de una cajita con paja y un poco de leche, a lo que agregó, por propia voluntad, una lata de bizcochos duros y grandes para perros, uno de los cuales, por la indiferencia del perro, se fue desarmando en el platillo de la leche durante el resto del día. Por su parte, Tom sacó una botella de whisky de un armario cerrado con llave.

No me he emborrachado más que dos veces en la vida, y la segunda fue aquella tarde. Por tal motivo, todo lo que sucedió está envuelto en una penumbra nebulosa, aun cuando el apartamento estuvo irradiado por un alegre sol hasta pasadas las ocho de la noche. Sentada sobre el regazo de Tom, la señora Wilson llamó por teléfono a varias personas; luego se acabaron los cigarrillos y tuve que salir a la droguería de la esquina a comprar más. Cuando regresé, Tom y su amante habían desaparecido; permanecí sentado discretamente en la sala, leyendo un capítulo de *Simón llamó a Pedro* que debía ser muy malo, o era el whisky que lo distorsionaba todo, porque todo lo que decía el libro me pareció absurdo.

Justo en el momento en que reaparecieron Tom y Myrtle (tras el primer trago la señora Wilson y yo ya nos llamábamos por nuestros nombres), comenzaron a llegar los invitados al apartamento.

Catherine, la hermana, era esbelta y mundana, de aproximadamente treinta años, pelirroja, con el cabello corto como un bloque pegajoso y el cutis empolvado hasta lograr una blancura propia de la leche. Se había depilado las cejas y se las había vuelto a dibujar en un ángulo más lascivo, pero los esfuerzos de la naturaleza por volver a la línea antigua le hacían ver el rostro desdibujado. Cuando hacía algún movimiento se escuchaba un tintineo constante a causa de un gran número de pulseras de porcelana que subían y bajaban por su brazo como si fueran cascabeles. Entró con tal pose de propietaria y miró de modo tan posesivo los muebles, que yo me pregunté si vivía allí. Pero cuando se lo pregunté le dio un ataque de risa, repitió mi pregunta en voz alta y me dijo que residía con una amiga en un hotel.

El señor McKee era un hombre pálido y afeminado, que vivía en el piso de abajo. Era claro que recién acababa de afeitarse, puesto que tenía una mancha blanca de espuma en la mejilla cuando saludó a los presentes con el mayor respeto. Me informó que pertenecía al "mundillo del arte"; más tarde deduje que era fotógrafo y autor de la borrosa ampliación de la madre de la señora Wilson que pendía como un ectoplasma en el muro. Su mujer era chillona, lánguida, bonita y horrible. Me contó, plena de orgullo, que su esposo la había fotografiado ciento veintisiete veces desde que se habían casado.

La señora Wilson había cambiado su atuendo un rato antes y llevaba puesto un recargado vestido vespertino de chifón color crema, que cuando se movía por la habitación producía un crujido constante. Bajo el influjo del vestido, también su personalidad había experimentado un cambio. La intensa vitalidad, tan notable cuando se encontraba en el taller, se convirtió en una impresionante altivez. Su risa, los gestos, las afirmaciones, se colmaban de una violencia que iba en ascenso. A medida que ella se expandía, el cuarto que la rodeaba comenzaba a achicarse hasta que pareció girar sobre un ruidoso y chirriante eje por el ambiente lleno de humo.

—Querida —le dijo a su hermana con voz alta y delicada en exceso—, la mayor parte de la gente, siempre que tiene la oportunidad, trata de robarle a uno. Lo único que les importa es el dinero. La semana pasada llamé a una mujer para que me mirara los pies, y cuando se iba me dejó una cuenta como si me hubiera operado el apéndice.

—¿Cómo se llamaba esa mujer? —preguntó la señora McKee.

—Una tal señora Eberhardt. Ella va a las casas a verle los pies a la gente.

—Me gusta tu vestido —dijo la señora McKee—, es en verdad precioso.

La señora Wilson pasó por alto el cumplido alzando la ceja con displicencia.

—Es sólo un vestido viejo y loco —dijo—. Lo uso sólo cuando no me importa el modo en que luzco.

—Pero se te ve divino, tú sabes a lo que me refiero —continuó la señora McKee—. Si Chester pudiera captarte en esta pose, creo que podría sacar buen partido.

Todos observamos en silencio a la señora Wilson quitarse un mechón de cabello de los ojos y mirarnos con una sonrisa radiante. El señor McKee la contempló concentrado, ladeando la cabeza, y movió lentamente su mano hacia adelante y hacia atrás, frente a su rostro.

—Yo haría algunos cambios en la luz —dijo después de un rato—. Me gustaría resaltar el modelado de sus facciones, y me encantaría captar esa gran melena de atrás.

—Yo no pensaría en cambiarle la luz —exclamó la señora McKee—, me resulta...

Su esposo hizo un chistido y todos volvimos a mirar al objeto de su atención; en ese momento Tom Buchanan emitió un sonoro bostezo y se puso de pie.

—Ustedes, McKees, beban algo —dijo—. Trae un poco más de hielo y agua mineral, Myrtle, que le va a dar sueño a todo el mundo. ¡Te dije del hielo Myrtle! —alzó las cejas reprobando la ineficiencia de los empleados menores—. ¡Qué gente! Hay que estar detrás de ellos todo el tiempo.

Ella me miró y rió sin motivo. Entonces caminó contoneándose hasta el perro, le dio un beso extasiado y se marchó de prisa a la cocina, demostrando que allí se encontraba una docena de *chefs* esperando que ella les impartiera sus órdenes.

—Hice algunas cosas buenas en Long Island —afirmó el señor McKee.

Tom lo miró con indiferencia.

—Hay dos enmarcados abajo.

—¿Dos qué? —preguntó Tom.

—Dos estudios. A uno lo llamo "Montauk Point-Las gaviotas", y al otro "Montauk Point-El mar".

Catherine, la hermana, se sentó a mi lado en el sofá.

—¿Tú también vives en Long Island? —preguntó.

–Vivo en West Egg.

–¿De veras? Yo bajé allí a una fiesta hace más o menos un mes, a la casa de un tipo de apellido Gatsby. ¿Lo conoces?

–Soy su vecino.

–Pues se dice que es nieto o primo del káiser Guillermo. Que de allí proviene su fortuna.

–No me diga.

Asintió con la cabeza.

–Tengo miedo de él. Me aterraría que yo le gustara.

Esta cautivante información sobre mi vecino fue interrumpida de un momento a otro por la señora McKee, que señaló a Catherine.

–Chester, creo que tú podrías hacer algo con ella –estalló de pronto; pero el señor McKee se limitó a sentir con desinterés y volvió su atención hacia Tom.

–Me gustaría hacer más trabajos en Long Island, si puedo conseguir la entrada. Todo lo que pido es que me den un empujoncito.

–Pídeselo a Myrtle –dijo Tom rompiendo a reír en el momento en que la señora Wilson entraba con la bandeja–. Ella te dará una carta de presentación, ¿verdad, Myrtle?

–¿Verdad qué? –preguntó ella, sobresaltada.

–Que le darás a McKee una carta de presentación para tu esposo, a fin de que él pueda hacerle unos estudios –sus labios se movieron en silencio un instante mientras inventaba–. George B. Wilson en la gasolinera, o algo por el estilo.

Catherine se me acercó y me dijo en secreto:

–Ninguno de los dos se aguanta a la persona con la que está casada.

–¿No?

–No se los soportan –miró a Myrtle y luego a Tom–. Y yo digo: para qué seguir viviendo con ellos si no los pueden aguantar. Si yo fuera ellos me divorciaría y me casaría con el otro ahí mismo.

–¿Ella tampoco quiere a Wilson?

La respuesta fue inesperada. Llegó de Myrtle, que había alcanzado a oírla, y fue violenta y obscena.

–¿Ves? –exclamó Catherine con aires de triunfo y luego bajó la voz–. En realidad, es la esposa de él quien los separa. Es católica, y ellos no creen en el divorcio.

Daisy no era católica, pero me impresionó mucho una excusa tan rebuscada.

–Cuando se casen –continuó Catherine–, se irán a vivir por un tiempo al Oeste hasta que se calme la tempestad.

–Sería más discreto ir a Europa.

–¡Oh! ¿Te gusta Europa? –exclamó sorprendida–. Yo acabo de regresar de Montecarlo.

–¿De veras?

El año pasado, fui con otra chica.

–¿Se quedaron mucho?

–No, sólo fuimos a Montecarlo y volvimos. Pasamos por Marsella. Teníamos más de mil doscientos dólares cuando salimos para allá, pero nos estafaron y perdimos todo en dos días en los cuartos privados. Pasamos gran cantidad de trabajos para poder regresar. ¡Dios mío, cómo me aterró esa ciudad!

El cielo crepuscular brilló en la ventana por unos instantes, como el inigualable azul del Mediterráneo. Entonces, la aguda voz de la señora McKee me hizo regresar de nuevo al cuarto.

–Yo también estuve a punto de cometer un error –dijo enérgica–. Por poco me caso con un judío horrible que llevaba varios años detrás de mí. Yo sabía que era menos que yo. Todo el mundo me decía: "¡Lucille, ese hombre es mucho menos que tú!". Pero de no haber conocido a Chester, con seguridad él me habría cazado.

–Sí, pero escucha –dijo Myrtle Wilson, moviendo la cabeza arriba y abajo–; al menos no te casaste con él.

–Ya lo sé.

−Pero yo si lo hice −dijo Myrtle con ambigüedad−. Y ésa es la diferencia entre tu caso y el mío.

−¿Por qué lo hiciste, Myrtle? −preguntó Catherine−. Nadie te obligaba.

Myrtle pensó un momento.

−Me casé con él porque imaginé que era un caballero −dijo al fin−. Pensé que él sabía qué es ser gente bien, pero no me llega ni a los zapatos.

−En una época estuviste loca por él −dijo Catherine.

−¡Loca por él! −exclamó Myrtle, incrédula−. ¿Quién dijo eso? Jamás estuve más loca por él que por este hombre que está allá. −y me señaló. Todos me dirigieron miradas acusadoras y tuve que indicar con mi expresión que yo no había jugado ningún papel en el pasado.

−Mi única locura fue haberme casado con él. En seguida me di cuenta de que había cometido un error. Pidió prestado a alguien su mejor traje para usarlo en la boda y jamás me lo contó; el hombre vino a reclamarlo un día en que él no estaba en casa −miró en derredor para ver quién la escuchaba−; "¡Oh!, ¿este traje es suyo?", dije. "Es la primera noticia que tengo." Se lo entregué y luego me tiré en la cama y lloré toda la tarde, hasta que se me secaron las lágrimas.

−Es claro que ella debe dejarlo −siguió diciéndome Catherine−. Han vivido once años sobre ese taller. Y Tom es su primer amor.

La segunda botella de whisky era muy requerida por los presentes, salvo Catherine, quien aseguró que "me siento igualmente bien sin nada". Tom presionó el timbre para que viniera el portero y lo envió por unos célebres sandwiches que constituían, por sí solos, una cena completa. Yo tenía deseos de marcharme e irme caminando hacia el Este, rumbo al parque, bajo la suavidad del atardecer, pero cada vez que lo intentaba me embarcaba en una discusión acalorada y estridente, que me echaba de nuevo hacia atrás, como si alguien jalara de una cuerda obligándome a permanecer en esa silla. Pero, en lo alto de la ciudad, nuestra hilera de ventanas amarillas debía satisfacer la necesidad de secretos humanos del observador casual de las calles crepusculares, y yo mismo era también un observador que miraba hacia arriba con asombro. Yo me encontraba adentro y afuera, encantado y molesto, al mismo tiempo, con la interminable variedad de la vida.

Myrtle acercó su silla a la mía y súbitamente su cálido aliento dejó caer sobre mí la historia de su primer encuentro con Tom.

—Fue en uno de esos asientos pequeños que están enfrentados y que son los últimos que quedan en el tren. Yo viajaba a Nueva York a visitar a mi hermana y a pasar la noche en su casa. Él iba vestido de etiqueta con zapatos de charol y yo no podía dejar de mirarlo; cada vez que sus ojos se encontraban con los míos tenía que fingir que estaba interesada en el anuncio que colgaba encima de su cabeza. Cuando entramos a la estación se puso de pie junto a mí, y la blanca pechera de su camisa hizo presión sobre mi brazo; entonces le dije que tendría que llamar a un guarda, pero él sabía que yo no lo iba a hacer. Estaba tan excitada que cuando me subí a un taxi con él, casi no sabía que no me estaba metiendo al metro. Todo cuanto pensaba, una y otra vez, era: "Uno no vive para siempre, uno no vive para siempre".

Se volvió hacia la señora McKee y el cuarto retumbó con su risa artificial.

—Querida —exclamó—, te regalaré este vestido tan pronto lo haya usado. Debo conseguir otro mañana. Voy a hacer una lista de todas las cosas pendientes: un masaje y una rizada, un collar para el perro y uno de esos lindos ceniceritos en los que uno toca un resorte; también quiero una corona con moño de seda negra para la tumba de mi madre, que dure todo el verano. Tengo que hacer una lista para recordar todo lo que debo hacer.

Eran las nueve de la noche; un rato después miré el reloj y ya se habían hecho las diez. El señor McKee estaba dormido en su sillón, con los puños cerrados sobre el regazo, como una fotografía de un hombre de acción. Saqué mi pañuelo y limpié de su mejilla los restos secos de la mancha de crema, que no me habían dejado en paz en toda la tarde. El cachorro, echado en la mesa, miraba a través del humo con sus ojos ciegos, gruñendo pesadamente de vez en cuando. Unos metros más abajo la gente desaparecía y reaparecía, hacía planes de ir a algún lado, luego se perdían, se buscaban y se encontraban. En algún momento, cerca de la media noche, Tom Buchanan y la señora Wilson se quedaron cara a cara, discutiendo con voz apasionada si ella tenía derecho a mencionar el nombre de Daisy.

–¡Daisy, Daisy, Daisy! –gritó–. ¡Lo diré cada vez que quiera! ¡Daisy! Dai...

Con un movimiento corto y certero, Tom Buchanan le partió la nariz de un golpe.

Entonces hubo toallas manchadas de sangre sobre el piso del baño, y voces de mujeres regañando, y más alto que el resto de la confusión, un largo y entrecortado lamento de dolor. El señor McKee se despertó de su sueño y salió aturdido hacia la puerta. Cuando se hallaba a medio camino se volvió a ver la escena: su esposa y Catherine regañando y consolándose mientras se tropezaban aquí y allá con los aglomerados muebles, en su búsqueda de los artículos de primeros auxilios, y la desconsolada figura del sofá, sangrando en abundancia y tratando de extender una copia del *Town Tattle* sobre las escenas versallescas del tapiz. El señor McKee se dio la vuelta y siguió hacia la puerta; yo recogí mi sombrero y seguí sus pasos.

–Ven a cenar algún día –insinuó mientras el ascensor bajaba cargado.

–¿Adónde?

—A cualquier lugar.

—Retire las manos de la palanca —dijo, irritado, el muchacho del ascensor.

—Disculpe —dijo el señor Mckee dignamente—; no me di cuenta de que la estaba tocando.

—Está bien —acepté—. Me gustaría mucho.

...Yo me encontraba junto a su cama y él estaba sentado entre las sábanas, en calzoncillos y con un gran portafolios en las manos.

—La bella y la bestia... Soledad... El caballo del viejo granero... El puente de Brook'n

Luego me di cuenta de que estaba recostado, medio dormido, en el frío andén inferior de la estación Pennsylvania, mirando el *Tribune* matutino y esperando el tren de las 4 am.

III

Durante las noches del verano, la música llegaba desde la casa de mi vecino. Por sus jardines azules se paseaban hombres y mujeres como polillas, en medio de susurros, champaña y estrellas. Por las tardes, mientras la marea se mantenía alta, yo veía a sus huéspedes zambullirse en el agua desde la torre de su plataforma flotante, o tomar el sol en la playa de arena caliente, al tiempo que sus dos botes de motor atravesaban las aguas del estuario, arrastrando los deslizadores sobre cataratas de espuma. En los fines de semana su Rolls Royce hacía las veces de bus para traer y llevar grupos de la ciudad entre las nueve de la mañana y hasta mucho después de la media noche, mientras su camioneta correteaba como un vivaz insecto amarillo al encuentro de todos los trenes. Y los lunes, ocho sirvientes, incluyendo al jardinero adicional, trabajaban el día entero con escobas y trapeadoras, martillos y tijeras de jardinería, en la reparación de los destrozos de la noche anterior.

Cada viernes, enviadas por un frutero de Nueva York, llegaban cinco cajas de naranjas y limones; cada lunes, esas mismas naranjas y esos mismos limones salían por su puerta trasera convertidos en una pirámide de mitades despulpadas. En la cocina había una máquina que era capaz de extraer el jugo de doscientas naranjas en media hora, siempre y cuando el dedo pulgar de un mayordomo apretara doscientas veces el mismo botoncito.

Al menos una vez cada quince días un equipo de decoradores bajaba con una lona de varios cientos de pies y suficientes luces de color para convertir el enorme jardín de Gatsby en un árbol de navidad. Sobre las mesas del buffet se apilaban las carnes frías condimentadas junto con ensaladas de diseños abigarrados, cerdos de pastel y pavos, fascinantes en su oro oscuro. En el vestíbulo principal habían instalado un bar con barra de cobre legítimo, bien provisto de ginebras, licores y destilados olvidados hace tanto, que la mayor parte de las invitadas eran demasiado jóvenes para distinguir a unos y otros.

Cerca de las siete de la noche hace su entrada la orquesta, que no es un conjunto de cuatro o cinco mediocres, sino un foso completo de oboes y trombones, saxos y violas, cornetas y *piccolos*, bongoes y tambores. Los últimos nadadores ya han subido de la playa y se están vistiendo arriba; los autos de Nueva York están estacionados de a cinco en la explanada, y ya los vestíbulos, salones y terrazas exhiben los llamativos colores primarios; los peinados siguen la extravagante moda, y los chales superan los sueños de Castilla. El bar está a plena marcha, y rondas flotantes de cócteles penetran el jardín exterior hasta que el ambiente se llena de risas, charlas e insinuaciones casuales, y de presentaciones olvidadas en el acto, y de encuentros entusiastas entre damas que jamás recuerdan sus respectivos nombres.

Las luces incrementan su brillo a medida que la Tierra se aleja del sol, y ahora la orquesta toca la estridente música de cóctel y la ópera de voces se eleva un tono más alto. La risa se vuelve más fácil a cada minuto, derramándose con abundancia sobre la menor palabra alegre. Los grupos varían con mayor rapidez, crecen con nuevas llegadas, se disuelven y se reagrupan como una exhalación; ya se puede ver a las chicas itinerantes, muchachas colmadas de seguridad en sí mismas que revolotean aquí y allá entre los más sólidos y estables, que por un momento agudo y feliz se convierten en el centro de un grupo, para luego, embriagadas con el triunfo, seguir deslizándose entre el mar de rostros, voces y colores diferentes, bajo la luz que cambia constantemente.

De repente, una de aquellas gitanas, de trémulo ópalo, levanta un cóctel que flota en el aire, lo bebe para otorgarse valor y, moviendo sus manos como Frisco, comienza a bailar sola en la plataforma. Un silencio momentáneo; el director de la orquesta cambia el ritmo para ella y la conversación explota con el rumor de que ella es la actriz suplente de Gilda Gray en *Les Follies*. La fiesta acaba de comenzar.

Creo que la primera noche en que fui a la casa de Gatsby yo era uno de los pocos huéspedes que sí habían sido invitados. A la gente no la invitaban, simplemente iban. Se subían a automóviles que los transportaban hasta Long Island y, sin saber ni cómo ni cuándo, terminaban ante su puerta. Una vez allí eran presentados a Gatsby por alguien que lo conociera y después de esto se seguían comportando de acuerdo a reglas de urbanidad adecuadas a un parque de diversiones. A menudo llegaban y se marchaban sin siquiera haber visto a Gatsby; llegaban buscando una fiesta con una simplicidad de corazón que era su propio billete de entrada.

Yo sí había sido invitado. Aquel sábado, muy temprano, un chofer con un uniforme color azul aguamarina cruzó el césped de mi casa portando una nota sorprendente por lo formal, firmada por su patrón: el honor sería sólo suyo, decía, si yo asistía a su "fiestecita" de aquella noche. Me había visto varias veces y había tenido la intención de visitarme mucho antes, pero una especial combinación de circunstancias lo había hecho imposible. Firmaba Jay Gatsby, con una caligrafía ampulosa.

Poco después de las siete, me vestí con unos pantalones de paño blanco y atravesé su jardín. Caminaba de una parte a otra, algo incómodo entre aquellos remolinos y torbellinos de gente que no conocía, aunque de tanto en tanto encontraba alguna cara que me resultaba familiar del tren en que viajaba a diario. Lo primero que me impresionó fue el número de ingleses jóvenes que pululaban el lugar; todos bien vestidos, todos con caras ávidas, y todos hablándoles en voz baja y seria a los sólidos y prósperos norteamericanos. Me pareció obvio que estaban vendiendo algo: bonos, seguros o automóviles. Por lo menos ellos eran penosamente conscientes de que había dinero fácil en el vecindario y estaban convencidos de que sería suyo por algunas palabras en el tono correcto.

Ni bien llegué, intenté conocer a mi anfitrión, pero las dos o tres personas a quienes pregunté dónde se podría encontrar me miraron con tal extrañeza y negaron con tanta vehemencia saber algo acerca de su paradero, que me escurrí en dirección a la mesa de los cócteles, el único lugar del jardín donde un hombre solo podía permanecer un rato sin parecer solitario e innecesario.

Me faltaba poco para emborracharme como una cuba de pura timidez cuando Jordan Baker salió de la casa y se paró en el extremo de la escalinata de mármol, recostándose un poco y mirando con indiferencia hacia el jardín. Sin saber si sería bienvenido o no, juzgué necesario acercarme a alguien antes de que se me ocurriera hacerle comentarios cordiales a cualquiera que pasara por ahí.

—¡Hola! —grité, avanzando hacia ella. Mi voz resonaba más fuerte que lo normal a través del jardín.

—Pensé que estarías aquí —respondió sin entusiasmo, mientras yo subía hacia ella—. Recordé que eres vecino de...

Me apretó la mano de modo impersonal, como si prometiera que dentro de algún momento tendría tiempo para prestarme atención, y se puso a escuchar a dos chicas vestidas con el mismo traje amarillo, que conversaban al pie de las escalinatas.

—¡Hola! —exclamaron al unísono—. ¡Qué lástima que no hayas ganado!

Se referían al torneo de golf. Había perdido en las finales de la semana pasada.

—Usted no sabe quiénes somos —dijo una de las chicas de amarillo—, pero nosotras la conocimos aquí hace cosa de un mes.

—Ustedes se tiñeron el pelo después de esa vez —dijo mi amiga. Las miré, pero las chicas habían partido sin dar explicaciones, y Jordan dirigió su comentario a la luna temprana, que sin duda había salido, como la comida, de la fuente de algún camarero. Con el esbelto y bronceado brazo de Jordan apoyado en el mío, descendimos los peldaños y nos fuimos a pasear por el jardín. Una bandeja de cócteles flotó hacia nosotros en el crepúsculo y nos sentamos en una mesa con las dos chicas de amarillo y tres hombres, a cada uno de los cuales presentaron como el señor Mumble.

—¿Sueles venir a estas fiestas? —le preguntó Jordan a la chica que se encontraba a su lado.

—La última fue cuando te conocí —contestó la joven, cuya voz era despierta y segura. Luego se volvió hacia su compañera:

—¿No era para ti, Lucille?

También era para Lucille.

—Me gusta venir —dijo Lucille—. Me da lo mismo hacer cualquier cosa, de modo que siempre la paso bien. La última vez que estuve en este lugar me rasgué el vestido con una silla; entonces él me pidió mi nombre y la dirección: en menos de una semana me llegó un paquete Croirier con un traje de fiesta nuevo.

—¿Te quedaste con el vestido? —preguntó Jordan.

—Por supuesto. Lo iba a estrenar esta noche, pero me quedaba grande de busto y tenía que mandarlo reformar. Era azul petróleo con cuentas color lavanda. Doscientos sesenta y cinco dólares.

—Debe haber algo raro en un tipo que hace algo así —dijo la otra chica, interesada—. No quiere tener problemas con nadie.

—¿Quién? —pregunté.

—Gatsby. Alguien me contó...

Las dos jóvenes y Jordan se acercaron para oír la confidencia.

—Alguien me contó que creía que una vez había asesinado a un hombre.

Un escalofrío nos estremeció. Los tres señores Mumble se inclinaron hacia adelante para escuchar mejor.

—No fue eso —dijo Lucille con escepticismo—. Fue espía alemán durante la guerra.

Uno de los hombres hizo un gesto de confirmación.

—Me lo contó un hombre que lo sabe todo acerca de Gatsby, pues creció con él en Alemania —continuó Lucille muy convencida.

—¡Oh, no! —dijo la primera chica—. Eso es imposible porque él estuvo en el ejército americano durante la guerra.

Cuando vio que volvíamos a creer en su versión, se inclinó para adelante con entusiasmo.

—Obsérvenlo en algún momento en que crea que nadie lo está mirando. Les apuesto que mató a un hombre.

Entrecerró los ojos con un escalofrío. Temblaba. Todos miramos a nuestro alrededor para buscar a Gatsby. El hecho de lograr arrancar rumores de aquellos que encontraban poco sobre qué murmurar en este mundo, era el mejor testimonio de la especulación romántica que inspiraba.

Estaban sirviendo ya la primera cena —habría otra después de medianoche—, y Jordan me invitó a sumarme a su grupo, explayado alrededor de una mesa al otro lado del jardín y compuesto por tres parejas casadas y el acompañante de Jordan, un testarudo estudiante universitario, dado a insinuaciones violentas bajo la impresión obvia de que tarde o temprano Jordan le iba a ceder su cuerpo en mayor o menor grado. En vez de mezclarse en busca de aventuras, este grupo había conservado una homogeneidad digna, arrogándose la función de representar a la arcaica nobleza del campo: East Egg condescendiendo con West Egg, cuidadosamente en guardia contra su espectroscópica alegría.

—Vámonos de aquí —dijo Jordan después de media hora de algún modo perdida y poco apropiada—. Tienen demasiada cortesía para mí.

Cuando nos levantamos explicó que íbamos a buscar al anfitrión. Les dijo que yo no lo había visto y que esto me provocaba incomodidad. El universitario asintió con una mezcla de cinismo y melancolía.

El bar, hacia donde primero llevamos nuestra vista, estaba atestado, pero Gatsby no se hallaba allí. No lo pudo encontrar en el rellano de las escaleras y tampoco en la terraza. Probamos abrir al azar una puerta que parecía importante y nos encontramos en una biblioteca gótica, de techo alto, forrada en roble inglés tallado, y probablemente transportada en su totalidad desde alguna ruina de ultramar.

Un hombre robusto y de mediana edad, que llevaba unos anteojos enormes como de búho, se hallaba sentado, bastante borracho, en el borde de una imponente mesa. Observaba con una concentración inestable los estantes repletos de libros. Cuando entramos dio la vuelta, emocionado, y examinó a Jordan de pies a cabeza.

—¿Qué le parece?— preguntó con entusiasmo.

—¿Que me parece qué?

Señaló en dirección a los estantes. Yo ya lo hice. Son de verdad.

—¿Los libros?

Dijo que sí.

—Absolutamente reales.... tienen páginas y todo. Pensé que serían sólo una cubierta fina y bonita, y adentro nada. Pero no, son de verdad. Páginas y... ¡venga, le muestro!

Dando por sentado nuestro escepticismo, se dirigió hacia los libros y regresó con el tomo I de las *Conferencias Stoddard*.

—¡Ven! —exclamó triunfante—. Es un ejemplar auténtico. Me engañó. Este tipo es un verdadero Belasco. Es un triunfo. ¡Qué perfección! ¡Cuánto realismo! Y además sabe cuándo parar: no cortó las páginas. Pero, ¿que necesitan?, ¿qué esperan?

Me arrebató el libro y lo volvió a colocar, con prisa, en el estante, repitiendo en voz baja que, si llegaba a quitarse un solo ladrillo, la biblioteca entera podía venirse abajo.

—¿Quién los trajo a ustedes? —preguntó—. ¿O vinieron así nomás? A mí me trajeron, al igual que a la mayor parte de la gente.

Jordan lo miró animada, contenta, sin responder.

—A mí me trajo una mujer de apellido Roosevelt —continuó el hombre—. La señora Claude Roosevelt. ¿La conocen? Yo la conocí en algún lugar anoche. Llevo una semana borracho y pensé que se me podía pasar la borrachera sentado en una biblioteca.

—¿Y se le pasó?

—Un poco, creo. Aún no lo puedo asegurar. Llevo una hora aquí. ¿Les conté ya lo de los libros? Son reales. Son...

—Nos contó.

Le estrechamos la mano con formalidad y volvimos a salir.

Ahora bailaban en la lona del jardín. Un grupo de hombres de edad empujaban a las muchachas a dar vueltas interminables y de poca elegancia; las parejas de clase alta sufrían la tortura de bailar juntos para seguir la moda, y lo hacían en los extremos de la pista, mientras un gran número de jóvenes solteras bailaban solas o aliviaban a los músicos de la orquesta, por un rato, de la carga del banjo o de la percusión. Hacia la medianoche la algarabía era mayor. Un famoso tenor cantó en italiano y una notable contralto cantó un jazz, y entre número y número salía gente a hacer trucos en el jardín, mientras que mil carcajadas vacías y felices se elevaban hasta el cielo del verano. Un par de actrices gemelas, que resultaron ser las chicas de amarillo, hicieron una representación infantil con disfraces, y se sirvió champaña en copas tan grandes como palanganas. La luna estaba más alta y flotaba en el estuario como un triángulo de escamas de plata que temblaban levemente, acompañando el tenso punteo metálico de los banjos del jardín.

Yo seguía junto a Jordan Baker. Estábamos sentados en una mesa con un hombre más o menos de mi edad y una bulliciosa chica, muy joven, que a la menor provocación prorrumpía en carcajadas incontrolables. Ahora sí me estaba divirtiendo. Me había tomado dos palanganas de champaña y a mis ojos la escena se había convertido en algo significativo, elemental y profundo.

En una pausa del show el hombre me miró y sonrió.

–Su cara me es conocida –dijo cortésmente–. ¿No estuvo usted en la Tercera División durante la guerra?

–Claro que sí. Estuve en el batallón noveno de ametralladoras.

–Yo estuve en la séptima infantería hasta junio del dieciocho. Sabía que lo conocía de alguna parte.

Hablamos un rato sobre los húmedos y grises poblados de Francia.

Me di cuenta de que vivía cerca porque me contó que había acabado de comprar un hidroplano y que lo iba a ensayar por la mañana.

–¿Quieres acompañarme, viejo amigo? Es aquí mismo, en la playa del estuario.

–¿A qué hora?

–Cuando mejor te convenga.

Ya iba a preguntarle su nombre cuando Jordan miró en derredor y sonrió.

–¿Ahora si estás divirtiéndote? –preguntó.

–Mucho más –me volví hacia mi nuevo conocido–. Este es un tipo de fiesta al que no estoy acostumbrado. Ni siquiera he visto al anfitrión. Yo vivo allí –moví la mano hacia el seto, invisible en la distancia–; y el tipo, Gatsby, envió a su chofer con una invitación.

Por un momento me miró como si no entendiera.

–Yo soy Gatsby –dijo de repente.

–¿Qué? –exclamé– ¡Oh!, le ruego me disculpe.

–Pensé que lo sabía, viejo amigo. Me temo que no soy muy buen anfitrión.

Esbozó una sonrisa comprensiva, en realidad era mucho más que sólo comprensiva. Era una de aquellas sonrisas excepcionales que tenían la cualidad de dejarte tranquilo. Uno se encuentra con sonrisas como ésa sólo cuatro ó cinco veces en su vida, y comprenden, o parecen hacerlo, todo el mundo exterior en un instante, para después concentrarse en ti, con un prejuicio irresistible a tu favor. Te mostraba que te entendía hasta el punto en que puedas ser comprendido, creía en ti como a ti te gustaría creer en ti mismo y te aseguraba que se llevaba de ti la impresión precisa que tú, en tu mejor momento, querrías comunicar. Justo en este punto se desvaneció, y yo me quedé mirando a un joven elegante y rufián, uno o dos años por encima de los treinta, que hablaba de un modo demasiado formal que apenas escapaba de la posibilidad de parecer absurdo. Un poco antes de presentarse yo había tenido la impresión de que elegía sus palabras con mucho cuidado.

Casi en el mismo instante en que Gatsby se daba a conocer, el mayordomo se aproximó con urgencia para informarle que tenía una llamada de Chicago. Se excusó y nos hizo una ligera venia a cada uno de nosotros.

—Si necesitas algo, no tienes más que pedirlo, viejo amigo —me insistió—. Disculpen. Regreso enseguida.

Cuando se hubo marchado me volví enseguida hacia Jordan, loco por mostrarle mi sorpresa. Me imaginaba al señor Gatsby como un hombre robusto y de mediana edad.

—¿Quién es? —pregunté—, ¿no lo sabes?

—Es sólo un hombre llamado Gatsby.

—Quiero decir, ¿de dónde es?, ¿qué hace?

—Ahora ya eres un iniciado en el tema —contestó con una tenue sonrisa—. Una vez me dijo que había sido alumno de Oxford.

Un difuso fondo comenzó a insinuarse tras él, pero con su siguiente comentario se disolvió.

—Pero no lo creo.

—¿Por qué no?

—No lo sé —insistió ella. Es sólo que no creo que haya estado allá.

Algo en su tono me recordó el "creo que mató a un hombre" de la otra chica y generó el efecto de estimular mi curiosidad. Habría aceptado sin dificultad la información de que Gatsby había emergido de las ciénagas de Lousiana o de los barrios bajos de Nueva York. Esto era comprensible. Pero un hombre no sale de la nada —o al menos así lo creía yo, en mi experiencia pueblerina— a comprar un palacio en el estuario de Long Island.

—De todos modos hace fiestas grandes —dijo Jordan, cambiando el tema y mostrando el disgusto de la gente culta por lo prosaico—. Y a mí me gustan las fiestas grandes. Son tan íntimas. En las reuniones privadas no hay ninguna intimidad —se oyó el tronar de los bombos y la voz del director de la orquesta sobresalió con gran volumen sobre el barullo del jardín.

—Damas y caballeros —exclamó—. A petición del señor Gatsby, tocaremos para ustedes la última obra de Vladimir Tostoff, que tuvo tanto éxito en el Carnegie Hall el pasado mes de mayo. Si leyeron ustedes los periódicos, saben que fue una gran sensación —sonrió con jovial condescendencia y agregó: "vaya sensación", con lo cual todos comenzaron a reír.

—La pieza se conoce —continuó con lascivia— como *La historia jazzística del mundo*, de Vladimir Tostoff.

La naturaleza de la composición de Vladimir Tostoff se me escapó porque apenas comenzaba mis ojos cayeron sobre Gatsby, que se hallaba de pie en las escalinatas de mármol, solo y observando a los distintos grupos con mirada de aprobación. Su piel bronceada se ajustaba con gran atractivo a su rostro, y el cabello parecía recortarse cada día. No encontraba nada siniestro en él. Me pregunté si el hecho de no estar bebiendo contribuía a apartarlo de sus huéspedes, porque me pareció que se tornaba más correcto a medida que aumentaban la animación y la confianza entre ellos. Cuando *La historia jazzística del mundo* hubo terminado, algunas chicas comenzaron a apoyar sus cabezas en los hombros de los señores, como cachorritas juguetonas, mientras otras se mostraban exhaustas para caer en brazos de alguno, o incluso de un grupo, a sabiendas de que siempre encontrarían uno que las atajaría para impedir que se fueran al suelo; pero nadie caía sobre Gatsby, y ningún corte de pelo a la francesa rozaba su hombro, y ningún cuarteto se formaba con él como una de sus voces.

—Con su permiso.

El mayordomo de Gatsby se encontró de pronto a nuestro lado.

—¿Señorita Baker? —preguntó—. Le ruego me excuse, pero el señor Gatsby quiere hablar con usted a solas.

—¿Conmigo? —exclamó sorprendida.

—Sí, señorita.

Se levantó sin prisa, alzándome las cejas con sorpresa, y siguió al mayordomo hacia la casa. Jordan llevaba su vestido de noche que, al igual que todos sus vestidos, cual si fuese un atuendo deportivo, hacían que sus movimientos tuvieran la gracia de haber aprendido a caminar sobre campos de golf en mañanas frescas y despejadas.

Me encontraba solo y eran casi las dos de la mañana. Durante un rato, provenientes de un cuarto de muchas ventanas que se encontraba encima de la terraza, se oyeron una serie de sonidos confusos e inquietantes. Escapándome del estudiante de Jordan, que estaba entretenido en una conversación obstétrica con dos coristas y que me imploró que me quedara con él, entré a la casa.

El enorme salón estaba repleto de gente. Una de las chicas de amarillo tocaba el piano y, de pie a su lado, una muchacha alta y pelirroja, integrante de un famoso coro, cantaba una canción. Había ingerido buena cantidad de champaña y durante el curso de su canción había decidido, tonta ella, que todo era triste, tristísimo, y por ese motivo no se limitaba a cantar sino que también sollozaba. En cada pausa que había en la canción empezaba con sus sollozos jadeantes y entrecortados, para después retomar la letra en un trémulo soprano. Las lágrimas rodaban tormentosas por sus mejillas pero no lo hacían con total libertad, pues al ponerse en contacto con las gruesas trazas de maquillaje, tornaban un color como de tinta y proseguían el resto de su camino en lentos y negros surcos. Alguien le sugirió que cantara las notas de su rostro, provocando con ello que la joven tirara las manos hacia arriba, se hundiera en un sillón y se sumiera en un profundo sueño vinoso.

—Tuvo una pelea con un hombre que dice ser su esposo —explicó una chica que se hallaba a mis espaldas.

Miré en derredor. La mayoría de las mujeres se peleaban con hombres de quienes se decía eran sus esposos. Incluso el grupo de Jordan, el cuarteto de West Egg, estaba dividido por la disensión. Uno de los hombres le hablaba con curiosa intensidad a una joven actriz, y su esposa, después de tratar la situación con gran dignidad e indiferencia, se descompuso por completo y recurrió a golpes bajos: a intervalos se aparecía súbitamente junto a él, como un demonio enojado, y le silbaba al oído: "¡Me lo prometiste!".

La renuencia a irse a casa no era exclusividad de hombres encaprichados. El vestíbulo estaba ocupado en aquel momento por dos señores deplorablemente serios y sus indignadísimas consortes. Ellas se compadecían la una a la otra, quejándose en voz más alta de lo normal:

—Apenas ve que estoy empezando a divertirme se quiere ir.

—No he llegado a ver egoísmo igual en toda mi vida.

—Siempre somos los primeros en marcharnos.

—Igual que nosotros.

—Y bien, somos casi los últimos esta noche —dijo uno de, los hombres con mansedumbre—. La orquesta se marchó hace media hora.

A pesar de que ambas mujeres estaban de acuerdo en que tanta maldad era inconcebible, la discusión acabó en una pelea corta, y ambas fueron llevadas, en vilo y dando patadas, al interior de la noche.

Mientras esperaba mi sombrero en el vestíbulo se abrió la puerta de la biblioteca y salieron Gatsby y Jordan al tiempo. Él le estaba diciendo alguna palabra final, pero la ansiedad en su comportamiento se tornó de súbito en tensa formalidad al acercársele varias personas para despedirse.

El grupo de Jordan estaba llamando impaciente desde la puerta de entrada, pero ella permaneció un rato más para estrechar manos.

—Acabo de oír algo impresionante —susurró—. ¿Cuánto tiempo estuvimos adentro?

—Pues... casi una hora.

—Fue ni más ni menos impresionante— repitió ensimismada—. Pero juré que no iba a contar nada y aquí estoy, intrigándote —me dio un gracioso bostezo a la cara—. Ven a verme, por favor... Fíjate en la guía telefónica. Busca el nombre de Sigourney Howard. Es mi tía —hablaba mientras se alejaba y con la mano bronceada hizo un gesto lleno de elegancia al tiempo que se mezclaba con su grupo.

Algo avergonzado por haberme quedado hasta tan tarde la primera vez que asistía, me uní a los últimos invitados de Gatsby, que lo rodeaban en un círculo apretado. Quería explicarle que lo había estado buscando más temprano y disculparme por no haberlo reconocido en el jardín.

—No te preocupes —me pidió con sinceridad—. No pienses más en eso, viejo amigo —la familiar expresión ya no contenía más familiaridad que la mano que había rozado mi hombro para tranquilizarme—. Y no olvides que vamos a volar en el hidroplano mañana por la mañana, a las nueve en punto.

Entonces el mayordomo por encima de su hombro le dijo:

—Filadelfia lo necesita al teléfono, señor.

—Está bien, voy en un minuto. Dígales que ya voy... buenas noches.

—Buenas noches.

—Buenas noches —sonrió, y de repente pareció haber sido una buena idea haber estado entre los últimos en partir, como si él lo hubiese deseado toda la noche—. Buenas noches, viejo amigo... Buenas noches.

Sin embargo cuando bajé las escaleras descubrí que la velada aún no había terminado del todo. A cincuenta yardas de la puerta, una docena de luces de autos iluminaban una escena ruidosa y extraña. En la cuneta, con el lado derecho hacia arriba, después de haber perdido de modo violento una llanta, descansaba una coupé nueva que había partido de la fiesta de Gatsby hacía menos de dos minutos. Una protuberancia en un muro había sido la causa del desprendimiento de la llanta que ahora llamaba tanto la atención de una docena de choferes curiosos. Sin embargo, como habían dejado sus autos atravesados en el camino, se escuchaba un estrépito fuerte y discordante, que se sumó a la ya violenta confusión de la escena.

Un hombre vestido con un guardapolvo largo se había bajado del auto chocado y se encontraba de pie en la mitad de la carretera, mirando ya al auto, ya a la llanta, ya a los curiosos con una actitud afable y perpleja.

—¿Ven? —dijo—, se fue a la zanja.

El hecho lo dejaba absolutamente pasmado; y reconocí primero que todo la excepcional cualidad del asombro, y después al hombre: era el tardío cliente de la biblioteca de Gatsby.

—¿Cómo fue?

Se encogió de hombros.

—No sé nada de mecánica —dijo con voz segura.

—Pero ¿cómo sucedió? ¿Chocó usted con el muro?

—No me lo pregunte —dijo Ojos de Búho, limpiándose las manos en todo este asunto—. Sucedió, es todo lo que sé.

—Pues bien, si usted es tan mal chofer no debería intentar conducir de noche.

—Pero es que no estaba conduciendo —explicó indignado—. Ni siquiera lo estaba intentando.

Los espectadores, atónitos, se quedaron callados.

—¿Qué es lo que busca?, ¿suicidarse?

—¡Tuvo suerte de que no hubiera sido sino una llanta! ¡Un mal chofer y ni siquiera estaba tratando!

—Ustedes no entienden —explicó el criminal—. Yo no manejaba. Hay otro hombre en el auto.

El asombro subsiguiente encontró expresión en un prolongado "ah–h–h" al ver que la puerta de la coupé se abría poco a poco. La multitud —era ya una multitud— dio un paso atrás de modo involuntario, y cuando la puerta se acabó de abrir se hizo una pausa fantasmagórica. Entonces, de modo muy gradual, poco a poco, un individuo pálido y vacilante salió del auto chocado y tanteó con su pie el piso con un zapato de bailar, grande e incierto.

Enceguecido por el resplandor de las luces y confundido por la incesante bocina de los autos, la aparición se tambaleó un instante antes de que percibiera al hombre del guardapolvos.

—¿Qué sucede? —preguntó calmado—. ¿Se acabó la gasolina?

—¡Mire!

Media docena de dedos señalaban la llanta amputada; él la miró un momento y después miró hacia arriba, como si sospechara que había caído del cielo.

—Se salió —explicó alguien.

Él asintió.

—Al principio no me había dado cuenta de que nos habíamos detenido.

Una pausa. Entonces, aspirando hondo y enderezando los hombros, anotó con voz decidida.

—¿Me pueden decir adónde hay una estación de gasolina?

Al menos una docena de hombres, algunos en un estado un poco mejor que el suyo, le explicaron que la llanta del auto ya no estaba unida a él por ningún lazo físico.

—Dele marcha atrás —sugirió un rato después—. Marcha atrás.

—¡Pero la llanta se salió!

Vaciló.

—No hacemos ningún daño si lo intentamos —dijo.

Los maullidos de los pitos habían llegado a un *crescendo* y yo regresé y me metí por un atajo hasta mi casa. Una sola vez me volteé a mirar. La luna, sobreviviendo a la risa y el sonido de su jardín, todavía alumbrado, brillaba como una hostia sobre la casa de Gatsby, haciendo que la noche fuera tan agradable como antes. Un vacío repentino parecía emanar de los ventanales y portones, envolviendo en completa soledad la figura del anfitrión, ahora de pie en el pórtico con la mano alzada en gesto formal de despedida.

Releyendo lo que escribí veo que he dado la impresión de que los acontecimientos de tres noches separadas por varias semanas fueron lo único que me absorbió. Al contrario: se trató de simples acontecimientos casuales en un verano muy activo que, hasta mucho tiempo después, me absorbieron infinitamente menos que mis asuntos personales.

La mayor parte del tiempo me la pasaba trabajando. Temprano en las mañanas, el sol lanzaba mi sombra hacia el oeste, mientras caminaba de prisa por los abismos de la parte baja de Nueva York para llegar a Probity Trust. Ya conocía a los otros empleados y a los jóvenes vendedores de bonos por su nombre de pila y almorzaba con ellos, en oscuros y atestados restaurantes, salchichas de cerdo con puré de papas y café.

Incluso tuve una relación romántica breve con una chica que vivía en la ciudad de Jersey y trabajaba en departamento de contabilidad, pero su hermano comenzó a lanzar miradas de desconfianza en mi dirección, así que, cuando llegaron las vacaciones de julio, dejé que la cosa se enfriara sin hacer nada.

Por regla general cenaba en el Club Yale –no sé por qué éste era el momento más deprimente del día–, y luego subía a la biblioteca a estudiar sobre inversiones y papeles con responsabilidad durante una hora. Había por lo general unos cuantos que estaban de juerga por ahí, pero como nunca entraban a la biblioteca, era éste un buen sitio para trabajar. Después, si la noche estaba bonita, me iba a pasear por la avenida Madison, más allá del viejo hotel Murray Hill, y pasando la calle 33 hasta la estación Pennsylvania.

Empecé a disfrutar de Nueva York, la sensación chispeante de animación nocturna y la satisfacción que el constante revoloteo de hombres, mujeres y máquinas le dan al ojo inquieto. Me gustaba caminar por la Quinta Avenida, elegir entre la muchedumbre románticas mujeres e imaginar que en un momento yo entraría en sus vidas y que nadie lo sabría o podría reprochármelo. Algunas veces, en mi mente, las seguía hasta sus apartamentos en las esquinas de calles recónditas, y ellas se volteaban y me devolvían una sonrisa antes de desvanecerse por entre una puerta en la cálida oscuridad. En el encantador crepúsculo metropolitano sentía a veces que me atenazaba la soledad, y la sentía en los demás: en los empleaduchos que deambulaban frente a las vitrinas, esperando que fuera hora de una solitaria cena en algún restaurante, jóvenes empleados desperdiciando en la penumbra los momentos más intensos de la noche y de la vida.

A las ocho de la noche, cuando los oscuros carriles de la calle 40 estaban de a cinco en fila de vibrantes taxímetros camino de la zona teatral, sentía que se me encogía el corazón. Siluetas expectantes se recostaban unas sobre otras en los taxis, las voces cantaban, se oían risas de chistes no escuchados, y los cigarrillos encendidos demarcaban gestos ininteligibles en su interior. Imaginando que también me precipitaba hacia la alegría, y compartiendo su emoción íntima, yo les deseaba suerte.

Durante un tiempo perdí de vista a Jordan Baker, para después, en pleno verano, encontrarla de nuevo. Al principio me sentía halagado de salir con ella, porque era campeona de golf y todo el mundo la conocía de nombre. Más tarde hubo algo más. Aunque no estaba propiamente enamorado, sentía una especie de tierna curiosidad. El altivo y aburrido rostro que le presentaba al mundo escondía algo: la mayor parte de las afectaciones terminan por esconder algo, aunque no hubiera sido así al comienzo, y un buen día encontré qué era. Una vez que fuimos juntos a una casa campestre en Warwick dejó a la intemperie, con la capota abajo, un auto prestado y luego mintió sobre el asunto. De pronto me acordé de la historia que se me había escapado aquella noche en casa de Daisy. La primera vez que jugó en un torneo importante hubo un lío que casi llega a los periódicos; la idea era que ella había movido una bola mal colocada en la ronda de semifinales. El asunto adquirió proporciones de escándalo, para luego apagarse del todo. Un *cady* se retractó de su declaración, y el único otro testigo admitió que pudo haberse equivocado. El incidente y el nombre se me quedaron grabados en la mente.

Jordan Baker evitaba instintivamente a los hombres agudos e inteligentes, y ahora me daba cuenta de que ello se debía a que se sentía más segura en un plano en donde se considera imposible cualquier divergencia con respecto a un código. Era una deshonesta incurable. No podía soportar estar en desventaja, y supongo que por esta dificultad había comenzado a valerse de subterfugios desde que era muy joven, para mantener aquella sonrisa suya, fría e insolente, vuelta al mundo, y al mismo tiempo satisfacer las exigencias de un cuerpo duro y grácil.

A mí me daba igual. La falta de honestidad en una mujer es algo que no se puede criticar en serio; me sentí triste en un momento y luego lo olvidé. Fue en aquel mismo paseo donde tuvimos una curiosa conversación acerca de su manera de manejar autos. Comenzó porque ella pasó tan cerca de unos trabajadores que el guardabarros de su automóvil le arrancó un botón del saco a uno de ellos.

—Eres un pésimo chofer —protesté—. Debes poner más cuidado o dejar de manejar.

—Yo sí soy cuidadosa.

—No, no lo eres.

—Pero los otros lo son —dijo a la ligera.

—¿Qué tiene eso que ver contigo?

—No se me atravesarán —insistió—. Se necesitan dos para que haya un accidente.

—Suponte que te encuentras con alguien tan descuidado como tú.

—Espero que no me ocurra jamás —contestó—. Detesto la gente descuidada. Por eso me gustas tú.

Sus ojos grises y entrecerrados por el sol miraron hacia adelante, pero ella de manera deliberada les había dado un giro a nuestras relaciones, y por un momento pensé que la amaba. Como soy lento en caer en cuenta de las cosas y estoy lleno de normas interiores que actúan como un freno sobre mis deseos, sabía que primero tenía que acabar de salirme del enredo que tenía allá en casa. Había estado escribiendo cartas semanales y firmándolas: "Te ama, Nick", y en lo único que podía pensar era en cómo, cuando esa chica jugaba tenis, le sudaba el labio superior. Sin embargo existía un cierto entendimiento entre nosotros que debía romperse con mucha sutileza antes de poder considerarme libre.

Cada persona se cree dueña de al menos una de las virtudes cardinales, y ésta es la que poseo yo: soy uno de los pocos hombres honrados que haya conocido.

IV

En la mañana del domingo, mientras las campanas de las iglesias repicaban a lo largo de los poblados de la costa, los huéspedes de la noche anterior regresaron a casa de Gatsby y deambulaban risueños en su jardín.

—Es un contrabandista de licores —decían las señoras jóvenes, moviéndose todo el tiempo entre sus cócteles y flores—. Una vez asesinó a un hombre que descubrió que era sobrino de Von Hindenburg y primo segundo del diablo. Pásame una rosa, cariño, y sírveme un último trago en aquella copa de cristal que está allá.

Alguna vez escribí en los espacios vacíos de una guía los nombres de quienes estuvieron en casa de Gatsby aquel verano. La guía ya está muy vieja y a punto de desintegrarse por los pliegues. Su encabezamiento dice: "Esta guía es válida para el 5 de julio de 1922", pero aún se pueden leer los nombres grises, y ellos les darán una mejor impresión que mis generalidades sobre quiénes aceptaron la hospitalidad de Gatsby, pagándole el sutil tributo de hacerse los de la vista gorda.

En aquel entonces vinieron, desde East Egg, Chester Becker y señora, los Leeches, un hombre de apellido Bunsen, a quien conocí en Yale, y un médico, Webster Civet, que se ahogó el verano pasado en Maine. Y los Hornbeams, Willie Voltaire con su mujer, y todo un clan de apellido Blackbuck, que solía reunirse en una esquina y levantarle las narices como cabras a quien pasara por su lado. Los Ismay y los Chrystie (o mejor, Hubert Auerbach y la esposa del señor Criystie), y Edgar Beaver, cuyo cabello, según dicen, se volvió blanco como la nieve una tarde de invierno y sin ninguna razón.

Clarence Endive, procedente de East Egg, según recuerdo, sólo vino una vez, de pantalones anchos blancos, y tuvo una pelea en el jardín con un papanatas de apellido Etty. Desde un lugar más alejado de la isla vinieron los Cheadles y O.R.P. y señora, Stonewall Jackson Abrams y señora, los Fishguards y Ripley Snell con su mujer. Snell estuvo allí tres días antes de que lo metieran a la cárcel, y estaba tan borracho que en el camino empedrado el automóvil de la esposa de Ulysses Swett le pasó por encima de la mano derecha. También vinieron los Dancies, S. B. Whitebait, que ya tenía más de sesenta años, Maurice A. Flink, los Hammerhead, y Beluga, el importador de tabaco, y las chicas de Beluga.

De West Egg vinieron los Pole, los Mulready, Cecil Roebuck y Cecil Schoen, Gulick, el senador del Estado, Newton Orchid, que controlaba la films Par Excellence,

Eckhaust, Clyde Cohen, don S. Schwartz (el hijo) y Arthur McCarty, todos relacionados con el cine de una manera u otra. Y los Catlips, los Bemberg y G. Earl Muldoon, hermano de aquel Muldoon que más tarde estrangulara a su mujer. Da Fontano, el agente, también vino, y Ed Legros y James B. Ferret, Alias Tripa Mala, los De Jongs y Ernest Lilly; ellos venían a jugar cartas, y cuando Ferret entraba al jardín quería decir que lo habían desplumado y que la Tracción Asociados tendría que fluctuar con buen rendimiento el día siguiente.

Un hombre de apellido Klipspringer se mantenía allí tan a menudo y permanecía por tanto tiempo que lo apodaron "el interno"; dudo que tuviera un hogar. Entre los teatreros estuvieron Gus Waize, Horace O'Donovan, Lester Myer, George Duckweed y Francis Bull. También de Nueva York, vinieron los Chrome, los Backhysson, los Dennycker, Russell Betty, los Corrigan, los Kelleher, los Dewer, los Skully, S. W. Belcher, los Smirke, los jóvenes Quinn, divorciados hoy día, y Henry L. Palmetto, que se suicidó arrojándosele al metro en Times Square. Benny McClenahan llegaba siempre con cuatro chicas. Casi nunca eran las mismas en su persona física, pero se parecían tanto la una a la otra que daba la impresión de que ya hubieran estado aquí antes. Se me olvidan sus nombres, Jaqueline, creo; o si no, Consuelo, Gloria, Judy o June, y sus apellidos eran o bien los melodiosos nombres de flores o de meses, o los más serios de grandes capitalistas norteamericanos cuyas primas, si se las presionaba, confesaban ser. Además de toda esta gente recuerdo que Faustina O'Brien estuvo allí al menos una vez, las jóvenes Baedcker y el joven Brewer, quien perdió la nariz de un disparo en la guerra, el señor Albrucksburger y la señorita Haag, su prometida, Ardita Fitz-Peters y el señor P. Jewett, alguna vez jefe de la Legión Americana, la señorita Claudia Hip, con un hombre de quien se decía era su chofer, y un príncipe de alguna clase, a quien llamábamos Duque, y cuyo nombre, si es que alguna vez lo supe, ya he olvidado. Todas estas personas estuvieron en la casa de Gatsby aquel verano.

A las nueve de la noche, una mañana de finales de julio, el fabuloso carro de Gatsby subió dando tumbos hasta el empedrado caminito de mi casa y emitió un estallido melódico con su bocina de tres notas. Era la primera vez que me visitaba, aunque yo ya había ido a dos fiestas suyas, había montado en su hidroplano y, haciendo caso a su insistencia, usaba a menudo su playa.

–Buenos días, viejo amigo. Vas a almorzar conmigo hoy y pensé que era mejor que nos fuéramos juntos.

Se estaba balanceando en el guardafangos de su carro con aquella agilidad de movimiento tan peculiar en Norteamérica, producto, supongo, de la ausencia de trabajos pesados o de rigidez al sentarse en la juventud, y de la gracia informe de nuestros juegos, nerviosos y esporádicos. Esta costumbre que se le escapaba todo el tiempo a su manera puntillosa de ser, daba la apariencia de inquietud: nunca se quedaba quieto del todo, se mantenía dando golpecitos con el pie en alguna cosa, o cerrando y abriendo la mano con impaciencia.

Vio que observaba su carro con admiración.

–Es bonito, ¿no, viejo amigo? –se movió para permitirme una vista mejor. ¿No lo habías visto antes?

Yo sí lo había visto antes. ¿Quién no? Era de un color crema subido, con el brillo del níquel; abultado aquí y allí en toda su monstruosa longitud con triunfantes cajas para sombreros, cajas para almuerzos y cajas de herramientas, y adornado por una serie de terrazas laberínticas de parabrisas que reflejaban una docena de soles. Sentado bajo varias capas de vidrio, sobre una especie de invernadero de cuero verde, arrancamos hacia la ciudad.

Yo había conversado con él unas seis veces en el curso del mes anterior y había encontrado, para mi decepción, que tenía muy poco de qué hablar. La primera impresión que tuve de él, por tanto, fue la de una persona de posición social indefinida, que poco a poco se había desdibujado, volviéndose solamente el propietario de un recargado estadero vecino a mi casa.

Y entonces llegó aquel desconcertante viaje. No habíamos llegado aún al pueblo de West Egg antes de que Gatsby comenzara a dejar inacabadas sus elegantes oraciones, al tiempo que se daba palmaditas en la rodilla de su vestido color caramelo.

—Ahora sí, viejo amigo —dijo de pronto—, ¿qué opinas de mí?

Un tanto incómodo, comencé con la respuesta evasiva y general que se merecía aquella pregunta.

—Te voy a contar algo de mi vida —me interrumpió—. No quiero que te lleves una mala impresión mía a causa de los cuentos que andan por allí.

De modo que era consciente de las estrafalarias acusaciones que le daban sabor a las conversaciones en sus pasillos.

—Juro que te voy a decir la verdad —su brazo derecho le ordenó de repente al castigo divino que estuviera listo—. Soy hijo de una adinerada familia del Oeste Medio. Ya todos están muertos. Crecí en los Estados Unidos pero me eduqué en Oxford; desde hace muchos años todos mis parientes se educan allí. Es una tradición familiar.

Me miró de soslayo, y comprendí por qué Jordan lo creía mentiroso. Dijo la frase "educado en Oxford" a toda carrera, o se la tragó, o se ahogó con ella, como si le hubiera estado molestando. Con esta vacilación toda su frase se vino al suelo, y me pregunté si después de todo no habría algo un poco siniestro en él.

—¿De qué parte del Oeste Medio? —inquirí sin darle mucha importancia.

—De San Francisco.

—Ya veo.

—Mis padres murieron y me quedó una buena cantidad de dinero.

Su voz se hizo grave, como si aún lo persiguiera el recuerdo de la súbita extinción de un clan. Aunque por un momento sospeché que me tomaba el pelo, una mirada que le dirigí me convenció de lo contrario.

—Después de eso viví como un jeque en las capitales de Europa: París, Venecia, Roma.... Coleccionaba joyas, sobre todo rubíes, hacía caza mayor, de a ratos pintaba, sólo para mí... trataba de olvidar algo muy triste que me habla acontecido tiempo atrás.

Tuve que hacer un esfuerzo para contener la risa de incredulidad. Las frases mismas eran expresadas con tan poca sustancia que no evocaban imagen alguna, salvo la de un "personaje" de turbante, sudando aserrín por cada poro mientras perseguía algún tigre por el Bosque de Bolonia.

—Entonces llegó la guerra, viejo amigo. Fue un gran alivio e hice cuanto pude para morir, pero parece que la mía fuera una vida encantada. Cuando comenzó acepté una comisión como teniente primero. En el bosque de Argona llevé a dos destacamentos de ametralladoras hasta tan lejos que había media milla de brecha a cada lado de nosotros, que la infantería no podía franquear. Allí permanecimos dos días con sus noches ciento treinta hombres con diez y seis ametralladoras Lewis, y cuando la infantería subió por fin, encontró las insignias de tres divisiones mayores alemanas entre las pilas de muertos. Me promovieron a mayor, y todos los gobiernos aliados me condecoraron, incluso el de Montenegro, el pequeño Montenegro, enclavado en el mar Adriático. ¡El pequeño Montenegro!

Elevó las palabras y les hizo un gesto de afirmación, con una sonrisa en la que abarcaba la difícil historia del lugar y simpatizaba con las valientes luchas de sus habitantes. Con ella mostraba que apreciaba bien las circunstancias nacionales que lo habían hecho merecedor de un tributo por parte del pequeño corazoncito de Montenegro. Mi incredulidad quedó aplastada por la fascinación; era como hojear a la carrera una docena de revistas.

Metió su mano en el bolsillo y un pedazo de metal, colgado de una cinta, cayó a la palma de la mía.

—Esta es la de Montenegro.

Para mi sorpresa, el objeto tenía cara de ser legítimo. "Orden de Danilo", decía la leyenda circular. "Montenegro. Nicolás Rex".

—Dale la vuelta.

—Al señor Jay Gatsby —leí—. Por su Valor Extraordinario.

—He aquí otro artículo que siempre llevo conmigo. Un recuerdo de los días de Oxford. Fue tomada en Trinidad Quad; el hombre que está mi izquierda es el conde de Doncaster.

Era una fotografía de una docena de jóvenes en chaquetas livianas, moviéndose en una arcada a través de la cual se veía una cantidad de torrecillas. Allí se encontraba Gatsby, más joven, pero no mucho, con un palo de cricket en la mano. De modo que todo era cierto. Vi las pieles de flamantes tigres en su palacio del Gran Canal; lo vi abriendo un estuche de rubíes para calmar, con sus profundidades iluminadas de carmesí, los anhelos de su roto corazón.

—Hoy te voy a pedir un favor muy grande —dijo, metiendo otra vez los objetos en su bolsillo con gran satisfacción—, y por eso creí mejor que supieras algunas cosas sobre mí. No quería que pensaras que soy un Don Nadie. Mira, me mantengo casi siempre entre extraños porque voy de un lugar a otro, tratando de olvidar una triste historia —dudó—. Ya la escucharás esta tarde.

—¿En el almuerzo?

—No. Esta tarde. Por casualidad me enteré de que vas a salir con la señorita Baker a tomar el té.

–¿No me digas que estás enamorado de ella?

–No, viejo amigo. No lo estoy, pero la señorita Baker ha tenido la amabilidad de consentir en hablar contigo sobre este asunto.

No tenía la menor idea de qué sería "este asunto", pero me sentía más molesto que interesado. No había invitado a Jordan a tomar el té con el objeto de hablar sobre el señor Jay Gatsby. Estaba convencido de que el favor sería algo totalmente fantástico, y por un momento me pesó haber puesto la planta del pie en su superpoblado prado.

No quiso adelantar nada. Mientras más cerca estábamos de la ciudad, más crecía su corrección. Pasamos por Puerto Roosevelt, donde echamos un vistazo a los transatlánticos de fajón rojo, y recorrimos la calle sin pavimento de la barriada, bordeada por atiborrados cafés decorados con el apagado oro de principios de siglo. Entonces se abrió, a lado y lado, el valle de las cenizas, y al pasar pude ver por un instante la figura de la señora Wilson trabajando en la bomba con jadeante vitalidad.

Con los guardabarros extendidos como alas, pasamos volando la mitad del Astoria; sólo la mitad, pues cuando estábamos dando vueltas entre los pilares del paso elevado, oí el run-run familiar de una motocicleta y vi a un policía correr frenético a nuestro lado.

–Tranquilo, viejo amigo –gritó Gatsby. Disminuimos la velocidad. Sacó una tarjeta blanca de su billetera y se la agitó al policía en los ojos.

–Tiene razón –aceptó el policía, tocándose la punta de la gorra–. ¡La próxima vez ya lo reconoceré, señor Gatsby! Mis disculpas.

–¿Qué era eso? –pregunté–. ¿La foto de Oxford?

–Alguna vez tuve la oportunidad de hacerle un favor al comisario, y cada año me envía una tarjeta de navidad.

Nos montamos al gran puente, con la luz del sol a través de las vigas produciendo un parpadeo constante sobre los autos en movimiento, con la ciudad que se levantaba al otro lado del río como hecha de montículos y cubos de azúcar blancos, construida por el deseo con dineros no olorosos. La ciudad vista desde el puente de Queens es siempre una ciudad vista por primera vez, que promete un primer atisbo salvaje a todo el misterio y la belleza del mundo.

Un muerto se nos pasó en un coche fúnebre, atiborrado de flores, seguido por dos automóviles con las persianas bajas y por otros, más animados, para los amigos. Los amigos nos miraron con los ojos trágicos y los labios superiores cortos típicos del sureste de Europa, y me alegré de que la visión del espléndido carro de Gatsby estuviera incluida en su sombrío día santo. Cuando atravesábamos la isla de Blackwell una limusina se nos adelantó; la manejaba un chofer blanco, y adentro iban tres negros muy a la moda; dos tipos y una joven. Me reí en voz alta cuando la yema de sus ojos se volteó hacia nosotros en altiva rivalidad.

—Cualquier cosa puede acontecer una vez nos bajemos de este puente —pensé—; cualquier cosa...

Aun a Gatsby podía sucederle, sin que causara mayor asombro.

Tarde bulliciosa. En un sótano bien ventilado de la calle 42 me encontré con Gatsby para almorzar. Parpadeé para quitarme el resplandor de la calle y mis ojos lo detectaron en la oscuridad de la antesala, hablando con otro hombre.

—Señor Carraway, este es mi amigo Wolfsheim.

Un judío bajito y de nariz aplastada alzó su enorme cabeza y me miró con dos finos y exuberantes crecimientos de pelo en cada fosa nasal. Al cabo de un rato, descubrí sus ojillos en la semi penumbra.

—...entonces le di una mirada —dijo el señor Wolfsheim, dándome un fuerte apretón de mano—, ¿y qué crees que hice?

—¿Qué? —indagué cortésmente.

Era evidente que no se dirigía a mí, porque dejó caer mi mano y apuntó hacia Gatsby con su expresiva nariz.

—Le entregué el dinero a Katspaugh y le dije: "Está bien, hombre, no le des ni un peso hasta que se calle la boca". En ese mismo punto se calló.

Gatsby nos tomó por el brazo a cada uno y se adentró en el restaurante; allí, el señor Wolfsheim se tragó la frase que estaba comenzando a decir y cayó en un ensimismamiento sonámbulo.

—¿*Highballs?* —preguntó el jefe de los meseros.

—Es un buen restaurante éste —dijo el señor Wolfsheim, mirando a las ninfas presbiterianas del techo—. ¡Pero me gusta más el de enfrente!

—Sí, *Highballs* —aceptó Gatsby, y entonces le dijo al señor Wolfsheim—: Hace demasiado calor allá.

—Es caliente y pequeño.... sí —dijo el señor Wolfsheim—, pero lleno de recuerdos.

—¿Qué lugar es? —pregunté.

—El viejo Metropol.

—El viejo Metropol —se lamentó el señor Wolfsheim con nostalgia—. Lleno de rostros muertos y ausentes. Lleno de amigos idos ya, para siempre. No olvidaré mientras viva la noche en que mataron a Rosy Rosenthal allí. Éramos seis en la mesa, y Rosy comió y bebió cantidades aquella tarde. Casi al amanecer, el mesero, con un aspecto raro, se le acerca y le dice que alguien quiere hablar con él afuera. "Voy", dice Rosy y comienza a levantarse, pero yo lo obligo a sentarse de nuevo. "Que entren esos bastardos hasta aquí, si te necesitan, Rosy; por ninguna razón te vas a mover de este cuarto". Eran las cuatro de la mañana ya, y si hubiéramos levantado la *bersiana* podríamos haber visto la luz.

—¿Y salió? —pregunté inocente.

—Desde luego —la nariz del señor Wolfsheim brillaba de indignación hacia mi lado—. Ya en la puerta, se da la vuelta y dice:

"¡No dejen que el mesero se me lleve el café!". Entonces salió al andén. Le dispararon tres veces en el estómago y huyeron.

–Cuatro de ellos fueron electrocutados –dije, recordándolo.

–Cinco, contando a Becker –volvió hacia mí, con interés, las fosas nasales–. Entiendo que busca usted una conexión de negocios.

La yuxtaposición de aquellos dos comentarios era sorprendente. Gatsby respondió por mí:

–Oh, no –exclamó–; este no es el hombre.

–¿No? el señor Wolfsheim pareció desilusionarse.

–Es sólo un amigo. Te dije que sobre aquello hablaríamos algún otro día.

–*Berdóname* –dijo el señor Wolfsheim–. Me equivoqué de *bersona*.

Llegó una picada suculenta y el señor Wolfsheim, olvidando la atmósfera más sentimental del viejo Metropol, se dedicó a comer con feroz finura, mientras sus ojos se paseaban con gran lentitud por todo el cuarto; completó el arco volviéndose a inspeccionar a la gente que había detrás suyo. Creo que, de no haber estado yo presente, hubiera mirado incluso debajo de nuestra propia mesa.

–Déjame que te diga algo, viejo amigo –dijo Gatsby inclinándose hacia mí–. Temo que te hice enojar un poco esta mañana en el auto.

De nuevo esgrimió aquella sonrisa, pero esta vez no me conquistó con ella.

–Detesto los misterios –contesté–, y no comprendo por qué no viene a mí con franqueza y me dice qué es lo que desea. ¿Por qué tiene que pasar a través de la señorita Baker?

–Ah, no es nada clandestino –me aseguró–. La señorita Baker es una magnífica deportista, como sabes, y jamás haría nada incorrecto.

De repente miró al reloj, se sobresaltó y salió corriendo del cuarto, dejándome a mí con el señor Wolfsheim.

–Tiene que hacer una llamada telefónica–, dijo el hombre, siguiéndolo con los ojos–. Buen muchacho, ¿no? Agradable a la vista y un *berfecto* caballero.

–Sí.

–Y es egresado de *Ogsford*.

–¡Oh!

–Estuvo en la Universidad de *Ogsford,* en Inglaterra. Ha oído usted hablar de ella, ¿cierto?

–Sí; he oído hablar de ella.

–Es una de las más famosas del mundo.

–¿Conoce usted a Gatsby desde hace mucho? –pregunté.

–Desde hace varios años –contestó con voz agradecida–. Tuve el placer de conocerlo apenas terminada la guerra. Pero supe que había encontrado a un hombre de casta cuando apenas había hablado con él una hora. Me dije entonces: "Es la clase de *bersona* a quien a uno le gustaría invitar a su casa para *bresentárselo* a su mamá y a su hermana –hizo una pausa–. Veo que está mirando mis gemelos.

No lo estaba haciendo, pero ahora si los miré. Estaban hechos de unos trozos de marfil que me eran extrañamente familiares.

–Los más finos especímenes de molares humanos –me informó.

–¡Vaya! –las examiné–. Es una idea interesante.

–Sí –le dio un tirón a las mangas bajo su saco–. Gatsby es muy correcto en su relación con las mujeres. No se le pasaría por la cabeza echarle el ojo a la mujer de un amigo.

Cuando el objeto de su confianza instintiva hubo regresado a la mesa para sentarse, el señor Wolfsheim bebió su café de un trago y se levantó.

–El almuerzo estaba delicioso –dijo– y ya voy partiendo, jóvenes, antes de que deje de ser bienvenido.

–No te apresures, Meyer –dijo Gatsby sin entusiasmo.

El señor Wolfsheim levantó la mano como dándoles una especie de bendición.

—Son ustedes muy amables, pero pertenezco a otra generación —anunció con solemnidad—. Quédense sentados aquí y hablen de sus deportes, de sus mujeres y de sus... —reemplazo el sustantivo imaginario con otro además de la mano—. En lo que a mí respecta, yo ya tengo cincuenta años y no los voy a seguir molestando.

Cuando nos dio la mano y se volvió, su trágica nariz temblaba. Me pregunté si había dicho algo que lo pudiera haber ofendido.

—A ratos se pone muy sentimental —explicó Gatsby—. Está en uno de esos días. Es todo un personaje aquí en Nueva York, un residente extranjero en Broadway.

—¿Y quién es?; ¿un actor?

—No.

—¿Un dentista?

—¿Meyer Wolfsheim?, no. Es un jugador —vaciló, para después agregar con toda tranquilidad:

—Es el hombre que arregló la serie mundial de 1919.

—¿Arregló la serie mundial? —repetí.

La idea me dejó pasmado. Claro que recordaba que en 1919 la serie había sido arreglada, pero de habérseme ocurrido pensar en aquello, hubiese creído que era algo que simplemente sucedió, el final de alguna cadena inexorable. No se me habría pasado por la mente que un hombre pudiera jugar con la buena fe de cincuenta millones de personas con la misma tenacidad de un ladrón que viola una caja fuerte.

—¿Cómo se las arregló para hacerlo? —pregunté un minuto después.

—Sencillamente vio la oportunidad.

—¿Por qué no está en la cárcel?

—No lo pueden apresar, viejo amigo. Es un hombre astuto.

Insistí en pagar la cuenta. Mientras el mesero me traía el cambio, alcancé a ver a Tom Buchanan al otro lado del congestionado recinto.

–Ven conmigo un segundo –dije–; tengo que saludar a alguien.

Al vernos, Tom se incorporó de un salto y avanzó unos pasos en dirección nuestra.

–¿Dónde te has metido? –preguntó con interés–. Daisy está furiosa porque no has vuelto.

–Le presento al señor Gatsby, señor Buchanan.

Se dieron un breve apretón de manos y una tensa y extraña turbación pareció inundar el rostro de Gatsby.

–De todos modos, ¿cómo has estado? –preguntó Tom–. ¿Por qué viniste hasta tan lejos para comer?

–Almorcé con el señor Gatsby.

Me volví hacia Gatsby pero ya no estaba allí

–Un día de octubre, en mil novecientos diecisiete –decía Jordan Baker aquella tarde, en el Hotel Plaza sentada muy tiesa en una silla de espaldar rígido en el jardín del té–, iba yo caminando de un lado a otro, a ratos en el césped, otros en la vereda. Me sentía mejor en el césped porque tenía unos zapatos ingleses con suelas que mordían la tierra suave. Llevaba una falda escocesa nueva que se elevaba un poco con el viento, y cuando esto sucedía se ponían rígidas las banderas rojas, blancas y azules del frente de las casas y decían "bah–bah–bah", con desaprobación. La más grande de las banderas en el más grande de los céspedes pertenecía a la casa del padre de Daisy Fay. Ella tenía sólo dieciocho años, dos más que yo, y era, por lejos, la chica más popular de Louisville. Vestía de blanco y tenía un auto deportivo; el teléfono de su casa sonaba todo el día y los entusiasmados oficiales de Camp Taylor se peleaban por el privilegio de monopolizar su noche: "¡Por lo menos una hora!". Aquella mañana, cuando yo pasaba por el frente de su casa, su deportivo blanco estaba junto al andén y ella conversaba con un joven teniente a quien yo jamás había visto. Estaban tan embelesados el uno con el otro que sólo me vieron cuando me encontraba a cinco pies de distancia. "Hola, Jordan", me llamó ella intempestivamente, "Ven, por favor". Me halagó que quisiera hablar conmigo, porque entre todas las chicas mayores era a ella a quien más admiraba. Me preguntó si iba a ir a la Cruz Roja a hacer vendas. Sí, iba. ¿Quería, entonces, hacerle el favor de decirles que ella no podía ir ese día? Mientras hablaba, el oficial miraba a Daisy en la forma en que cada chica quiere ser mirada alguna vez, y como me pareció tan romántico, recuerdo el incidente desde aquel entonces. Su nombre era Jay Gatsby, y no volví a posar mis ojos en él durante cuatro años... después de aquello. En Long Island no me había dado cuenta de que se trataba del mismo hombre. Estábamos en el año diecisiete. Ya para el año siguiente yo también tenía algunos enamorados y había comenzado a jugar en torneos; por eso, no veía a Daisy con asiduidad. Ella, cuando lo hacía, salía con un grupo un poco mayor. Circulaban locos rumores acerca de ella: que su madre la había encontrado empacando su maleta una noche invernal para irse a Nueva York a despedir al marinero que se marchaba a ultramar; que lograron evitar que se fuera, pero por varias semanas ella había dejado de hablarle a su familia. Después de eso no volvió a meterse más con los soldados; sólo con algunos jóvenes de la ciudad, miopes y de pie plano, que no habían sido recibidos en el ejército.

Para el otoño siguiente ya estaba contenta otra vez, como siempre lo había estado. Después del armisticio se había presentado en sociedad, y en febrero se decía que estaba comprometida con un hombre de Nueva Orleans. En junio se casó con Tom Buchanan, de Chicago, en la ceremonia más pomposa que jamás hubiera conocido Louisville. Él bajó con cien personas, en cuatro vagones privados, y alquiló todo un piso del hotel Muhlbach; la víspera de la boda le regaló un collar de perlas valuado en trescientos cincuenta mil dólares.

Yo fui dama de honor. Llegué a su cuarto una hora antes de la cena nupcial y la encontré sobre la cama, luciendo tan hermosa como la noche de junio de su vestido de flores.... y tan borracha como una cuba. Tenía una botella de Sauterne en una mano y una carta en la otra. "Felicítame", dijo. "Jamás había bebido antes pero, ¡oh, cuánto lo disfruto!".

"¿Qué te pasa, Daisy?". Yo estaba asustada, te lo aseguro; nunca había visto a una chica en un estado así. "Mira, queri...", buscó a tientas en un basurero que tenía consigo en la cama y sacó el collar de perlas, "Llévalas abajo y devuélveselas a quien pertenezca, diles a todos que Daisy cambió de parecer. Di: '¡Daisy cambió de parecer!'". Entonces se puso a llorar. Lloró y lloró. Yo me fui corriendo y llamé a la criada de su madre, cerramos la puerta con llave y le dimos un baño frío. No quería soltar la carta. Se la llevó consigo a la bañera y la volvió una pelota húmeda, y sólo me dejó ponerla en la jabonera cuando vio que se estaba disolviendo como la nieve. Pero no dijo nada más. Le dimos sales de amonio, le pusimos hielo en la frente, volvimos a meterla en el vestido y, media hora más tarde, cuando salimos del cuarto, las perlas estaban en su cuello y el incidente había pasado. Al día siguiente, a las cinco se casó con Tom Buchanan sin el más mínimo temblor y salió en un crucero de tres meses por los mares del sur. Yo los vi en Santa Bárbara a su regreso, y pensé que jamás había conocido a una chica tan loca por su esposo. Si él abandonaba el cuarto por un minuto ella miraba inquieta a su alrededor y decía: "¿Dónde está Tom?", y se le ensombrecía el rostro de preocupación hasta que lo veía en la puerta de nuevo. Solía sentarse en la arena con la cabeza de él sobre su regazo por horas, acariciándole los ojos con los dedos y mirándolo con insondable delicia. Era enternecedor verlos juntos. Daban ganas de reír de dicha pero también por la confusión. Esto fue en agosto. Una semana después de que yo me fuera de Santa Bárbara, Tom chocó contra un camión en el camino de Ventura una noche, y se desprendió la llanta delantera del carro. La chica que iba con él también salió en la prensa porque se quebró un brazo... era una de las mucamas del hotel de Santa Bárbara. En abril del año siguiente Daisy, tuvo a su hijita y se marcharon a Francia por un año. Yo los vi una primavera en Cannes y luego en Deauville; más tarde regresaron a Chicago para quedarse del todo. Daisy fue muy popular en Chicago, como bien lo sabes. Andaban con un grupo que vivía a mil, todos ellos jóvenes, acaudalados y locos, y salió con la reputación absolutamente intacta. Quizá porque no bebe. Es una ventaja estar en su sano juicio en medio de tomadores. Uno puede cuidarse de lo que dice, y además, programar cualquier pequeña irregularidad propia en momentos en que los otros están tan ciegos que no ven o no les importa. Es posible que Daisy nunca le hubiera sido infiel a Tom; sin embargo, hay algo en esa voz suya... Pues bien, hace como seis semanas escuchó el nombre de Gatsby por primera vez en años. Fue cuando yo te pregunté, ¿recuerdas?, si conoces a Gatsby en West Egg. Después de que te marchaste subió a mi cuarto, me despertó y me dijo: "¿Cuál Gatsby?". Y cuando se lo describí (estaba medio dormida), me dijo, en la voz más extraña, que debía ser el mismo que había conocido antes. No fue sino en aquel momento cuando relacioné a este Gatsby con el oficial de su deportivo blanco.

Cuando Jordan Baker hubo terminado de contar toda esta historia, hacía una hora habíamos abandonado el Plaza e íbamos en una victoria por todo el Central Park. El sol se había puesto tras los altos edificios donde viven las estrellas de cine en las calles de la 50 Oeste, y las voces claras de las niñas, reunidas a esta hora como grillos en el césped, se imponían sobre el caliente atardecer.

El jeque de Arabia soy
cuando estés dormida hoy

en tu carpa me entraré
y tu amor me robaré

—¡Qué extraña coincidencia! —dije.

—No fue ninguna coincidencia.

—¿Cómo que no?

—Gatsby compró esa casa sólo para tener a Daisy al otro lado de la bahía.

¡De modo que no aspiraba sólo a las estrellas aquella noche de junio! Recién en ese momento Gatsby cobró vida para mí, expulsado de repente del útero de su esplendor sin ningún motivo.

—Él quiere saber —continuó Jordan— si tú invitarías a Daisy a tu casa una tarde para que él pueda pasar a verla.

La modestia de su petición me impresionó. Había esperado cinco años y había adquirido una mansión en la que brindaba luz a las almas en pena... con el objetivo de que pudiera "pasar" una tarde al jardín de un extraño.

—¿Era necesario que yo conociera todo esto antes de que se atreviera a pedirme un favor tan pequeño como éste?

—Tiene miedo. Ha esperado mucho tiempo. Pensó que te podías ofender. Como ves, a pesar de todo es un hombre sano.

Algo me preocupaba.

—¿Por qué no te pidió a ti que arreglaras un encuentro?

—Él quiere que ella conozca su casa —explicó Jordan—, y la tuya queda enseguida.

—¡Oh!

—Creo que él albergaba una pequeña esperanza de verla venir un día a alguna de sus fiestas —continuó Jordan—, pero ella nunca lo hizo. Comenzó entonces a preguntarle a la gente de modo informal si la conocían, y yo fui la primera que encontró. Esto sucedió la noche que me mandó ir a donde él en la fiesta, y no te imaginas la manera tan complicada que se ideó para lograrlo. Yo, por supuesto, le insinué enseguida un almuerzo en Nueva York, y pensé que iba a enloquecer. "¡No deseo hacer nada que esté mal hecho!", decía una y otra vez, "Sólo quiero verla en la casa vecina".

—Cuando le conté que tú eras un amigo muy especial de Tom, comenzó a abandonar la idea. No sabe mucho de él, aunque dice que ha leído los diarios de Chicago por años, sólo por la posibilidad de encontrar en ellos el nombre de Daisy.

Ya estaba oscuro y mientras pasábamos bajo un puentecito puse mi brazo alrededor de los hombros dorados de Jordan, la atraje hacia mí y la invité a cenar, de repente había dejado de pensar en Daisy y en Gatsby, para hacerlo en esta mujer limpia, dura y limitada, que manejaba un escepticismo universal y se recostaba con gracia justo entre el círculo de mi brazo. Con una especie de emoción violenta comenzó a sonar en mis oídos una frase: "Existen tan sólo los perseguidos y los perseguidores, los ocupados y los ociosos".

—Y Daisy tiene que tener algo en la vida —me susurró Jordan.

—¿Desea ella verlo a él?

—Ella no sabe de esto. Gatsby no desea que lo sepa. Tu trabajo consiste sólo en invitarla a tomar el té.

Pasamos por una barrera de árboles oscuros y luego por la fachada de la calle 59; un rayo de luz, delicada y pálida, llenaba de esplendor el parque. A diferencia de Gatsby y de Tom Buchanan, no tenía yo una mujer cuyo rostro, separado del cuerpo, flotara por entre las oscuras molduras y los avisos enceguecedores, y entonces atraje a esta chica hacia mí y la estreché en un abrazo. Su pálida e indiferente boca sonrió, y la atraje aun más, esta vez hacia mi rostro.

V

Aquella noche, al regresar a West Egg, temí por un instante que mi casa estuviera en llamas. Eran las dos de la mañana y todo el ángulo de la península resplandecía de luz, haciendo que los arbustos parecieran irreales y produciendo unos destellos largos y delgados sobre los cables de la carretera. Al voltear por un recodo vi que se trataba de la casa de Gatsby, que tenía encendidas las luces desde la torre hasta el sótano.

Al principio pensé que sería otra fiesta, una desenfrenada farra que habría acabado en un juego de "escondites" o de "sardinas enlatadas", con toda la casa abierta para el juego. Pero no había ruido, tan sólo el viento en los árboles que se llevaba los cables y hacía que la casa se apagara y se encendiera como guiñando el ojo en la oscuridad. Cuando el taxi se alejó ruidoso vi que Gatsby caminaba hacia mí a través de su prado.

—Tu casa se ve como la Feria Mundial —le dije.

—¿De veras? —volvió los ojos hacia ella con poco interés—. He estado inspeccionando algunos de los cuartos—. Vámonos para Coney Island, viejo amigo. En mi auto.

—Es demasiado tarde.

—Bien, ¿entonces qué tal si nos metemos un rato a la piscina? No la he usado en todo el verano.

—Tengo que acostarme.

—Bueno.

Esperó, mirándome con interés controlado.

—Hablé con la señorita Baker —dije, después de un momento—. Mañana pienso llamar a Daisy para invitarla a que venga a tomar el té.

—Ah, qué bien —dijo, como si esto lo tuviera sin cuidado—. No quiero causarte molestias.

—¿Qué día te conviene más?

—¿Qué día te conviene a ti? —me corrigió enseguida—. Es que no quiero causarte molestias.

—¿Qué tal pasado mañana?

Lo pensó por un instante. Entonces, turbado:

—Quiero hacer que corten el césped —dijo.

Ambos miramos el césped. Había una división tajante en el lugar donde terminaba mi césped poco cuidado y empezaba el suyo, más oscuro y bien tenido. Sospeché que se refería al mío.

—Hay otra cosita —dijo inseguro y dudando.

—¿Preferirías que lo postergáramos por unos días? —pregunté.

—Ah, no, no tiene nada que ver con esto. Al menos... —luchó tratando de encontrar cómo empezar—. Es que... pensé que, pues.... mira, viejo amigo, tú no ganas mucho dinero, ¿no es cierto?

—No mucho.

Esto pareció reafirmarlo y continuó con mayor confianza.

—Eso pensé; si me lo perdonas, pues... que, bien; yo tengo un negocio secundario, ¿me entiendes? Pensé que si tú no ganabas mucho... tú vendes bonos, ¿no es cierto, viejo amigo?

—Trato de hacerlo.

—Pues entonces esto te podrá interesar. No te tomaría mucho tiempo y podrías conseguir una bonita suma. Es algo más bien confidencial.

Me doy cuenta ahora de que, bajo circunstancias diferentes, esta conversación habría podido ser un momento crucial en mi vida. Pero como la oferta fue hecha sin ningún tacto y obviamente como contraprestación por los servicios que había de prestarle, no tuve más salida que plantarlo en seco.

—Tengo el tiempo copado —dije—. Te lo agradezco mucho, pero no puedo con más trabajo.

—No tendrías nada que ver con Wolfsheim —era evidente que eludía la conexión mencionada al almuerzo, pero le aseguré que se equivocaba. Se quedó un momento más, esperando a que yo iniciara la conversación, pero yo me encontraba demasiado absorto para ponerme a conversar, y entonces se encaminó a regañadientes a su casa.

La velada me había relajado y estaba feliz; creo que ya iba dormido cuando pasé por la entrada de la casa. No sé, pues, si Gatsby iría o no a Coney Island o por cuántas horas "inspeccionaría sus cuartos" mientras su casa seguía relumbrando llamativa. Al otro día, llamé a Daisy desde la oficina y la invité a tomar el té a mi casa.

—No traigas a Tom —la previne.

—¿Qué dices?

—Que no traigas a Tom.

—¿Quién es Tom? —preguntó inocente.

El día convenido amaneció diluviando. A las once de la mañana un hombre de impermeable, arrastrando una podadora, tocó a la puerta y dijo que el señor Gatsby lo había enviado para que cortara el césped. Esto me recordó que se me había olvidado decirle a la finlandesa que regresara y entonces tuve que ir al pueblo de West Egg para buscarla entre callejones empantanados y muros pintados con cal, y para comprar tazas, limones y flores.

Las flores fueron innecesarias, porque a las dos llegó todo un invernadero de donde Gatsby, con innumerables receptáculos para acomodar las flores. Una hora después la puerta del frente se abrió nerviosamente y Gatsby, vestido de paño blanco, camisa color plata y corbata dorada, se apresuró a entrar. Estaba pálido y tenía oscuros signos de insomnio bajo los ojos.

—¿Está todo en orden? —procedió a preguntar.

—El césped se ve bien, si a eso es a lo que te refieres.

—¿Qué césped? —preguntó inexpresivo—. Ah, el del jardín.

Se asomó por la ventana pero, a juzgar por su expresión, creo que no vio nada.

—Se ve muy bien —anotó vagamente—. Uno de los diarios dijo que creían que dejaría de llover hacia las cuatro. Creo que fue el *Journal*. ¿Lo tienes todo dispuesto para servir el... el té?

Lo llevé a la despensa, donde miró con gesto adusto a la finlandesa. Juntos revisamos los doce pasteles de limón.

—¿Serán suficientes? —pregunté.

—¡Claro, claro! ¡Están perfectos! —y añadió con voz hueca: —, viejo amigo.

La lluvia cedió un poco después de las tres y media, dejando una neblina húmeda, a través de la cual nadaban ocasionales gotitas como de rocío. Gatsby miraba con ojos ausentes una copia de la *Economía* de Clay, sobresaltado por los pasos de la finlandesa que sacudían el piso de la cocina y mirando, de vez en cuando, hacia las empacadas ventanas, como si una serie de acontecimientos invisibles pero alarmantes estuvieran teniendo lugar afuera. Al cabo se levantó y me informó con voz insegura que se marchaba a casa.

—¿Y eso por qué?

—Nadie va a venir a tomar el té. ¡Es demasiado tarde! —miró su reloj como si tuviera algo urgente que hacer en otra parte—. No puedo esperar todo el día.

—No seas tonto; sólo faltan dos minutos para las cuatro.

Se sentó, sintiéndose miserable, como si yo lo hubiese empujado, en el preciso instante en que se oyó el ruido de un motor que daba la vuelta por el camino hacia la casa. Ambos dimos un salto y, un poco inquieto yo también, salí al prado.

Bajo los desnudos árboles de lila, que aún goteaban, un auto grande subía por el sendero. Se detuvo. El rostro de Daisy, ladeado bajo un sombrero color lavanda de tres picos, me miró con una brillante sonrisa de éxtasis:

—¿Es éste el mismísimo lugar donde vives, querido mío?

El estimulante rizo de su voz era un salvaje tónico en la lluvia. Tuve que seguir su sonido por un momento, alto y bajo, sólo con mi oído, antes de que salieran las palabras. Un mechón de pelo mojado caía como una pincelada de pintura azul en su mejilla, y su mano estaba húmeda de brillantes gotas cuando le di la mía para ayudarla a bajar del carro.

—¿Estás enamorado de mí? —me dijo en voz baja al oído— ¿Por qué tenía que venir sola?

—Este es el secreto del Castillo Rackrent. Dile a tu chofer que se vaya lejos y deje pasar una hora.

—Regresa dentro de una hora, Ferdie —entonces, con un solemne murmullo—. Su nombre es Ferdie.

—¿Le afecta la gasolina la nariz?

—No creo —dijo inocente—, ¿por qué?

Entramos. Quedé anonadado por la sorpresa al ver que la sala estaba desierta.

—Pero, ¡esto sí es gracioso!

—¿Qué es gracioso?

Volvió la cabeza al sentir que tocaban a la puerta con suavidad y elegancia. Salí a abrir. Gatsby, pálido como la muerte, con las manos hundidas, como pesas, en los bolsillos del saco, estaba de pie, en medio de un charco de agua, mirándome trágicamente a los ojos.

Con las manos aún en los bolsillos del saco caminó a zancadas a mi lado en el vestíbulo, giro en seco como si fuéramos en tranvía y desapareció hacia la sala. Esto no era nada divertido. Consciente de los fuertes latidos de mi corazón, cerré la puerta para hacerle frente a la lluvia que arreciaba.

Durante medio minuto no se escuchó sonido alguno. Entonces, desde la sala, oí una especie de murmullo apagado y parte de una carcajada, seguido de la voz de Daisy, en un tono claramente artificial.

—Créeme que estoy inmensamente feliz de volverte a ver.

Una pausa. Duró eternidades. Nada tenía que hacer yo en el vestíbulo, y entonces entré al cuarto.

Gatsby, con las manos aún en los bolsillos, estaba reclinado sobre la repisa de la chimenea, en una posición forzada que pretendía imitar la más perfecta calma, incluso hasta aburrimiento. Tenía la cabeza tan inclinada hacia atrás que se apoyaba en la cara de un difunto reloj que había sobre la repisa, y, desde aquella posición sus ojos afectados miraban hacia abajo a Daisy, sentada con susto pero con gracia en el borde de una rígida silla.

—Ya nos conocíamos —dijo Gatsby de modo arrebatado—. Sus ojos me miraron un instante y sus labios se abrieron con un abortado intento de risa. Por suerte, el reloj aprovechó este momento para balancearse peligrosamente por la presión de su cabeza, lo cual obligó a Gatsby a voltearse, para agarrarlo con los temblorosos dedos, y a volverlo a colocar en su sitio. Entonces se sentó, rígido, su codo en el brazo del sofá y el mentón en la mano.

Mi propio rostro había adquirido ahora un profundo bronceado tropical. No fui capaz de pronunciar ningún lugar común de los cientos que se me venían a la cabeza.

—Es, un reloj viejo —les dije como un idiota.

—Siento lo del reloj —dijo.

Creo que por un momento todos pensamos que se había caído, volviéndose añicos en el piso.

—Hace mucho tiempo que no nos veíamos —dijo Daisy, su voz lo más natural posible, como si nada pasara.

—Cinco años en noviembre próximo.

Lo automático de la respuesta de Gatsby nos hizo retroceder al menos otro minuto. Los tenía a ambos de pie con la desesperada sugerencia de que me ayudaran a preparar el té en la cocina, cuando la demoníaca finlandesa lo trajo en una bandeja.

En medio de la bienvenida confusión de tazas y tortas se estableció una cierta decencia física. Gatsby se acomodó en la sombra, y mientras Daisy y yo conversábamos, nos miraba turbado a uno y otro, con miradas angustiadas y tensas. No obstante, puesto que la calma no era un fin en sí mismo, me excusé lo más pronto que pude y me levanté.

—¿A dónde vas? —preguntó Gatsby, en inmediata alarma.

—Ya regreso.

–Tengo que hablar contigo antes de que te marches.

Me siguió como loco hasta la cocina, cerró la puerta, y susurro: "¡Oh, Dios!", con tono miserable.

–¿Qué sucede?

–Es un terrible error –dijo, negando con un movimiento de la cabeza–, un terrible error.

–Estás turbado, eso es todo –y, por suerte, agregué– Daisy también lo está.

–¿Turbada? –repitió con incredulidad.

–Tanto como tú.

–No hables en voz tan alta.

–Te estás portando como un niño –estallé con impaciencia–. No sólo eso; también estás siendo maleducado. Daisy está sentada allá completamente sola.

Levantó la mano a fin de contener mis palabras, me miró con rencoroso reproche, y, abriendo la puerta con cautela, regresó a la otra habitación.

Me escabullí por detrás, de la misma manera que Gatsby, cuando diera su nervioso circuito a la casa media hora antes, y corrí hacia un gran árbol, negro y nudoso, cuyas grandes hojas formaban un techo contra la lluvia. Otra vez estaba lloviendo a cántaros, y mi irregular césped, bien afeitado por el jardinero de Gatsby, estaba lleno de pequeños charcos de lodo y de ciénagas prehistóricas. No había nada para mirar desde el árbol, salvo la enorme casa de Gatsby, y entonces hacia allí dirigí mi vista, como Kant al campanario de su iglesia, durante media hora.

Había sido construida por el dueño de una cervecería cuando comenzó a usarse la arquitectura de estilo, una década atrás, y se cuenta que hizo la propuesta de pagar durante cinco años los impuestos de todas las casas circundantes si sus dueños aceptaban techarlas con paja. Es posible que su rechazo le quitara las ganas de su plan de "Fundar una familia" y lo llevara a un rápido declinar. Sus hijos vendieron la casa cuando aún colgaba de la puerta la corona fúnebre. Los norteamericanos, si bien algunas veces desean ser siervos, siempre se han negado a pertenecer al campesinado.

Después de media hora, con el sol brillando de nuevo y el auto de la repostería dando la vuelta en la casa de Gatsby con más materia prima para la comida de sus sirvientes, me di cuenta de que él no probaría bocado. Una criada comenzó a abrir las ventanas de su casa, se asomó un instante por una y, recostada en el gran mirador central, escupió pensativa al jardín. Era hora de regresar. Mientras estuvo lloviendo me pareció como si sus voces susurraran, elevándose y ampliándose una y otra vez con alientos de emoción. Pero en el actual silencio pensé que uno igual había caído sobre la casa también.

Entré; pero a pesar de haber hecho todos los ruidos posibles en la cocina —lo único que me faltó fue tumbar la estufa—, como que no escucharon nada. Estaban sentados a ambos lados del sofá, mirándose como si se hubieran formulado una pregunta, o como si ésta estuviera aún en el aire, desaparecido todo vestigio de turbación. Daisy tenía el rostro bañado en lágrimas y cuando entré, saltó y comenzó a limpiárselo con un pañuelo ante el espejo. Pero en Gatsby había un cambio que me dejaba bastante perplejo: el hombre literalmente resplandecía: sin mostrar su entusiasmo con gesto o palabra algunos, irradiaba un nuevo bienestar que llenaba el saloncito.

—¡Ah, hola, viejo amigo! —dijo, como si no me hubiese visto hace años. Por un momento pensé que me iba a dar la mano.

—Ya no llueve —dije.

—¿Sí? —cuando se dio cuenta de qué estaba diciendo yo, y que había destellos de sol en el cuarto, sonrió como el hombre que pronostica el clima, como un arrobado promotor de la luz recurrente, y le repitió la noticia a Daisy—. ¿Qué te parece? Ya no llueve.

–Me alegro, Jay –su garganta, llena de belleza adolorida y sufriente, expresaba ahora tan sólo su inesperada felicidad.

–Quiero que tú y Daisy vengan a mi casa –dijo–; me gustaría que ella la conociera.

–¿Estás seguro de que deseas que yo vaya?

–Por supuesto, viejo amigo.

Daisy subió a lavarse la cara –demasiado tarde me acordé, con humillación, de mis toallas– mientras Gatsby y yo esperábamos en el césped.

–¿Se ve bien mi casa, no? –preguntó–. Mira cómo absorbe la luz la fachada de adelante.

Le dije que era espléndida.

–Sí –sus ojos la recorrieron, cada arco y cada torre cuadrada–. Sólo me tomó tres años ganarme el dinero para comprarla.

–Pensé que lo habías heredado.

–Lo heredé, viejo amigo –dijo automáticamente–, pero lo perdí casi todo en el gran pánico, el pánico de la guerra.

Creo que apenas sabía lo que decía, porque cuando le pregunté en qué negociaba me contestó: "Eso es asunto mío", antes de darse cuenta de que la respuesta no era apropiarla.

–Ah, he estado en varios ramos –se corrigió–. En el farmacéutico y luego en el petrolífero. Pero ya no estoy en ninguno de los dos –me miró con más atención–. ¿Quieres decirme qué has estado pensando de la propuesta que te hice la otra noche?

Antes de que pudiera responder, Daisy salió de la casa y las dos hileras de botones de bronce de su traje resplandecieron en la luz del sol.

–¿Aquella inmensa casa que está allá? –exclamó, señalándola.

–¿Te gusta?

–Me fascina, pero no me explico cómo puedes vivir en ella tú solo.

—La mantengo llena de gente interesante, día y noche. De gente que hace cosas interesantes. Gente famosa.

En lugar de tomar un atajo por el estuario bajamos por el camino y entramos por la puerta grande. Con murmullos de fascinación, Daisy admiró uno y otro aspecto de la silueta feudal contra el cielo; admiró los jardines, el chispeante olor de los junquillos, el ligero del espino y de las flores del ciruelo y el pálido y dorado de la madreselva. Era raro llegar a las escalinatas de mármol y no encontrar el crujir de vestidos brillantes dentro y fuera de la puerta y no escuchar voces, salvo las de los pájaros de los árboles.

Y adentro, mientras recorríamos salones de música estilo María Antonieta y salas estilo Restauración, sentí que había huéspedes escondidos tras cada mesa y cada sofá, bajo órdenes de mantener total silencio hasta que pasáramos junto a ellos. Cuando Gatsby cerró la puerta de la "Biblioteca Merton College" podría haber jurado que escuché al hombre Ojos de Búho romper en una carcajada fantasmal.

Subimos y pasamos por alcobas de estilo, recubiertas en seda rosa y lavanda, y alegres con las flores nuevas y a través de vestidores, salones de billar y sanitarios con baños de inmersión. Entramos como intrusos en una alcoba donde un desgreñado hombre en piyama hacía en el piso ejercicios para el hígado. Era el señor Klipspringer, el "interno". Lo había visto vagar ávido por la playa aquella mañana. Por último, llegamos a los aposentos de Gatsby: la alcoba, un baño, y un estudio Adam, donde nos sentamos a tomar una copa de algún *chartreuse* que sacó de un mueble empotrado en la pared.

Ni por un momento dejó de mirar a Daisy, y pienso que reevaluó cada artículo de su casa de acuerdo al grado de aprobación que leyó en sus bienamados ojos. Algunas veces, él también se quedaba observando sus posesiones con una mirada atónita, como si ante la real y sorprendente presencia de Daisy nada de ello siguiera siendo real. Una vez casi se cae en un tramo de escaleras.

Su alcoba era el cuarto más sencillo de todos, exceptuando el vestidor, que estaba dotado de un juego de tocador de oro puro. Daisy tomó el cepillo con placer y se arregló el pelo, y entonces Gatsby se sentó, entrecerró los ojos y comenzó a reír.

—Es muy extraño, viejo amigo —dijo con hilaridad—. No puedo.... cuando trato de...

Era evidente que había experimentado dos estados y que entraba al tercero. Pasados su turbación y la irracional felicidad, lo consumía ahora el asombro por la presencia de Daisy: había estado lleno de la idea por mucho tiempo, la había soñado hasta el final, la había esperado con los dientes apretados, por así decirlo, hasta alcanzar este inconcebible nivel de intensidad. Ahora, en la reacción, se estaba desenvolviendo tan rápido como un reloj con exceso de cuerda.

Ya recuperado, abrió para nosotros un par de gigantescos gabinetes enlacados que contenían un montón de vestidos y trajes de etiqueta, corbatas y camisas, apiladas como ladrillos, en cerros de a docena.

—Tengo un hombre en Inglaterra que me compra la ropa. Me envía una selección de artículos al comienzo de cada estación, en la primavera y en el otoño.

Sacó una pila de camisas y comenzó a arrojarlas, una tras otra, ante nosotros; camisas de lino puro y de gruesas sedas y de finas franelas, que perdieron sus dobleces al caer y cubrieron la mesa en un abigarrado desorden. Mientras las admirábamos trajo otras, y el suave y rico montículo creció más alto con camisas a rayas, de espirales y a cuadros; en coral y verde manzana, en lavanda y naranja pálido, con monogramas en azul índigo. De pronto, emitiendo un sonido que luchaba por salir, Daisy dobló su cabeza sobre las camisas y comenzó a llorar a mares.

—¡Qué camisas más bonita! —sollozaba, con la voz silenciada por los ricos pliegues—. Me pongo triste porque nunca antes había visto camisas como... como éstas.

Después de ver la casa, nos disponíamos a observar los alrededores y la piscina, el hidroavión y las flores de pleno verano, pero en el exterior de la ventana de Gatsby había comenzado a llover de nuevo y nos quedamos sólo viendo la superficie corrugada del estuario.

—Si no fuera por la neblina, podríamos ver tu casa al otro lado de la bahía —dijo Gatsby—. Ustedes mantienen una luz verde encendida toda la noche al final del muelle.

De pronto, Daisy le pasó el brazo por entre el suyo, pero él parecía absorto en lo que acababa de decir. Es posible que se le estuviera ocurriendo que el colosal significado de aquella luz se hubiera apagado para siempre. Comparado con la gran distancia que lo había separado de Daisy, le había parecido muy cercana a ella, casi como si la tocara. Le parecía tan cercana como una estrella lo está de la luna. Ahora había vuelto a ser tan sólo una luz verde en un muelle. Su cuenta de objetos encantados se había disminuido en uno.

Yo comencé a caminar por el cuarto, examinando diversos objetos en la semipenumbra. Me mostró una fotografía grande de un hombre ya mayor en traje de marinero, colgado en la pared, encima de su escritorio.

—¿Quién es?

—¿Aquél? Es Dan Cody, viejo amigo.

El nombre me sonaba conocido.

—Ya está muerto. Fue mi mejor amigo hace años.

Había un pequeño retrato de Gatsby, también en vestido marinero, sobre la cómoda —Gatsby con la cabeza echada hacia atrás, desafiante—, tomado aparentemente cuando tenía más o menos dieciocho años.

—Me fascina —dijo Daisy—. ¡El copete! No me contaste nunca que tuvieras un copete, o un yate.

—Miren esto —dijo Gatsby enseguida—. Tengo una cantidad de recortes sobre ti.

Se pararon juntos a examinarlos. Yo iba a pedir que me mostrara los rubíes cuando sonó el teléfono y Gatsby tomó el auricular.

—Sí... Bueno, ahora no puedo hablar... No puedo hablar ahora, viejo amigo... dije que un pueblo pequeño... el tiene que saber qué es un pueblo pequeño... pues si Detroit es su idea de lo que es un pueblo pequeño, entonces no nos sirve...

Colgó.

—¡Ven acá, rápido! —exclamó Daisy, junto a la ventana.

La lluvia seguía cayendo, pero la oscuridad se había alejado en el Oeste, y había una oleada color rosa y oro de nubes espumosas sobre el mar.

—Mira eso —murmuró, y luego, tras una pausa dijo:

—Lo único que quisiera sería tomar una de aquellas nubes rosadas, ponerte en ella y empujarte por todas partes.

En aquel momento traté de marcharme, pero no querían ni oír hablar de ello; quizás mi presencia los hacía sentir más satisfactoriamente solos.

—Ya sé lo que haremos —dijo Gatsby—: pondremos a Klipspringer a tocar el piano.

Salió del cuarto gritando "¡Edwig!" y regresó en unos minutos, acompañado por un turbado joven un tanto demacrado, con anteojos de marco de carey y cabello rubio escaso. Ahora venía bien vestido, en una camisa deportiva, abierta en el cuello, de tenis y pantalones de dril de un tono nebuloso.

—¿Interrumpimos sus ejercicios? —preguntó Daisy con cortesía.

—Estaba dormido —exclamó el señor Klipspringer, con un ataque de turbación—. Es decir, había estado dormido. Luego me levanté...

—Klipspringer toca el piano —dijo Gatsby, interrumpiéndolo—. ¿No es cierto, Edwig, viejo amigo?

—No toco bien. Casi no sé tocar. Hace tiempo que no prac...

—Nos vamos para abajo —interrumpió Gatsby. Levantó un interruptor. Las ventanas grises desaparecieron al quedar la casa bien iluminada.

Ya en el cuarto de música Gatsby encendió una lámpara solitaria que estaba junto al piano. Le encendió el cigarrillo a Daisy con un fósforo tembloroso y se sentó con ella en un sofá muy lejano, al otro extremo del cuarto, donde no había luz, salvo la que rebotaba desde el vestíbulo en el piso brillante.

Cuando Klipspringer hubo tocado *El nido de amor*, se volteó en la banca y buscó angustiado a Gatsby en la penumbra.

—No estoy en forma, como ve. Le dije que no era capaz de tocar. Hace tiempos que no prac...

—Deje de hablar, viejo amigo —ordenó Gatsby—. ¡Toque!

En la mañana
En la noche
no se pasa bien...

Afuera, el viento soplaba con intensidad y se escuchaba un lejano tronar a lo largo del estuario. Comenzaban a encenderse todas las luces en West Egg; los tranvías, cargados de hombres, se precipitaban a casa a través de la lluvia desde Nueva York. Era la hora de un profundo cambio humano, y en el aire se generaba una gran excitación.

Una cosa es segura y ninguna lo es más
Los ricos tienen dinero y
los pobres... hijos no más
Mientras tanto,
entre tanto...

Al acercarme para decir adiós vi que la expresión de perplejidad había vuelto a adueñarse de Gatsby como si le hubiese entrado una pequeña duda sobre la calidad de su dicha. ¡Casi cinco años! Debió haber momentos, aún en aquella tarde, cuando Daisy se quedara corta en relación a sus sueños; no por culpa de ella, empero, sino por la colosal vitalidad de la ilusión de Gatsby, que la había superado a ella, que lo había superado todo. Se había dedicado a su quimera con una pasión creadora, agrandándola todo el tiempo, adornándola con cada una de las plumas brillantes que pasaban nadando junto a sí. Ninguna cantidad de fuego o frescura puede ser mayor que aquello que un hombre es capaz de atesorar en su insondable corazón.

Cuando lo miré se compuso un poco. Su mano tomó la de Daisy, y cuando la joven con voz queda le dijo algo al oído, se volvió hacia ella, pleno de emoción. Creo que aquella voz era lo que más lo capturaba, con su calidez fluctuante y febril, porque la soñada no podía ser mayor... aquella voz era una canción inmortal.

Se habían olvidado de mí, pero Daisy alzó los ojos y me estiró la mano; Gatsby ni me conocía. Los miré una vez más y ellos me devolvieron la mirada, remotamente, poseídos por una vida intensa. Entonces salí del cuarto, y bajé por las escalinatas de mármol para adentrarme en la lluvia, dejándolos solos.

VI

Casi por la misma época, un joven y ambicioso reportero de Nueva York llegó una mañana a la puerta de Gatsby y le preguntó si tenía algo para decir.

—¿Algo sobre qué? —preguntó Gatsby con cortesía.

—Bueno..., alguna declaración para dar.

Después de unos cinco minutos de confusión, resultó que el periodista había oído el nombre de Gatsby en la oficina, en relación con algo que no quería revelar o no entendía bien. Estaba en su día libre y con una admirable iniciativa había salido "para ver" qué ocurría.

Era un tiro al azar, pero el instinto del reportero estaba bien encaminado. La fama de Gatsby, difundida por miles de personas que habían aceptado su hospitalidad, convirtiéndose en biógrafos de su pasado, había crecido tanto durante el verano que sólo le faltaba ser noticia de los periódicos. Le endilgaron mitos urbanos tales como "la tubería subterránea hasta el Canadá", y se desparramó la historia de que no vivía en ninguna casa sino en una lancha que parecía una casa y que se movía en secreto, de un lado a otro, por las playas de Long Island. Es difícil saber por qué esas habladurías podían ser fuente de satisfacción para James Gatz, nacido en Dakota del Norte.

James Gatz. Ése era su nombre, o por lo menos su nombre legal. Se lo había cambiado a la edad de diecisiete años, en el momento específico que fue testigo del comienzo de su carrera, cuando vio el yate de Dan Cody anclar en el banco más traicionero del lago Superior. Era James Gatz quien había estado deambulando por la playa aquella tarde en un harapiento suéter verde y en un par de pantalones de dril, pero fue James Gatsby quien pidió prestado un bote de remos, salió hacia el Tuolomee e informó a Cody que una tormenta podría sorprenderlo y reducirlo a trizas en media hora.

Supongo que tendría el nombre listo desde hacia largo tiempo, ya en aquel entonces. Sus padres fueron agricultores, incapaces y poco prósperos; en su imaginación jamás los había aceptado como tales. La verdad es que aquel James Gatsby de West Egg, Long Island, surgió de la concepción platónica que se hacía hecho de sí mismo. Era hijo de Dios, una frase que, de significar algo, significa exactamente eso, y debía estar al tanto del negocio de Su Padre, al servicio de una belleza vasta, vulgar y prostituida. Entonces se inventó la clase de James Gatsby que le hubiera gustado inventar a un chico de diecisiete años, y fue fiel a esta concepción hasta el final.

Durante más de un año había estado abriéndose camino a lo largo de la playa sureña del lago Superior como buscador de almejas y pescador de salmones o en cualquier otra posición que le diera para conseguir comida y alojamiento. Su cuerpo bronceado, cada vez más duro, vivía con naturalidad el trabajo, unas veces fuerte, otras relajado, de los tórridos días. Conoció mujeres a una edad temprana, y como lo mimaban comenzó a desdeñarlas: a las jóvenes vírgenes, por su ignorancia; a las otras, porque se ponían histéricas por cosas que, con su apabullante absorción en sí mismo, daba por sentadas.

Pero su corazón se mantenía en constante turbulencia. Los caprichos más grotescos y fantásticos lo perseguían hasta su lecho. Un universo de inefable vistosidad giraba como un remolino en su cerebro mientras el reloj hacía tic-tac en el lavamanos y la luna empapaba de húmeda luz su ropa desordenada, tirada sobre el piso. Cada noche Gatsby le agregaba más y más detalles al modelo de sus fantasías, hasta que, borracho de sueño, le llegaba el descanso reparador con alguna vívida escena en la mente. Durante un tiempo, estos sueños fueron un escape para su imaginación; le daban una idea satisfactoria de la irrealidad de la realidad, una promesa de que el peñón del mundo estaba asentado de manera firme en el ala de un hada.

Su instinto hacia el éxito futuro lo había conducido, algunos meses antes, a la pequeña universidad luterana de St. Olaf, en el sur de Minnesota. Permaneció allí dos semanas, desilusionado por su brutal indiferencia hacia los tambores de su destino, hacia el destino mismo, despreciando el trabajo de conserje con el cual se pagaría los estudios. De modo que regresó al lago Superior, y todavía rondaba por ahí buscando qué hacer, cuando el yate de Dan Cody ancló en los bajos junto a la playa.

Por ese entonces Cody tenía cincuenta años y era producto de los campos de plata de Nevada, del Yukón y de todas las fiebres de metales desde el año setenta y cinco. Las transacciones con el cobre de Montana que lo hicieron muchas veces millonario lo dejaron físicamente sano, pero en los límites de la debilidad mental; sospechando esto, un infinito número de mujeres trataron de separarlo de su dinero. Las tretas de mal gusto por medio de las cuales Ella Kaye, la periodista, desempeñó el papel de *madame de Maintenon* de su debilidad, enviándolo en un yate a la mar, fueron noticia común de los pasquines amarillistas de 1902. Llevaba cerca de cinco años viajando por playas hospitalarias cuando apareció, encarnando el destino de James Gatz, en la bahía de Little Girl.

Para el joven Gatz, que descansaba en sus remos y miraba la cubierta con sus barandas, aquel yate representaba toda la belleza y el glamour del mundo. Supongo que le habrá sonreído a Cody; ya habría descubierto que él le gustaba a la gente cuando sonreía. De todos modos Cody le hizo algunas preguntas (una de ellas le permitió estrenar nombre) y encontró que era ágil y de una ambición desmedida. Unos pocos días después se lo llevó a Duluth y le compró un saco azul, seis pares de pantalones marineros y una lancha, marinera también. Y cuando el Tuolomee zarpó hacia las Indias occidentales y la costa de Berbería, Gatsby también zarpó.

Estaba empleado en una calidad vaga; mientras permaneció con Cody fue por turnos camarero, maestre, capitán, secretario y hasta carcelero, porque el Dan Cody sobrio sabía muy bien qué locuras era capaz de hacer el Dan Cody ebrio y solucionaba tales contingencias depositando cada vez más confianza en Gatsby. Este arreglo duró cinco años, durante los cuales el barco dio tres veces la vuelta al continente. Hubiera podido durar indefinidamente si no hubiera sido por el hecho de que Ella Kaye subió a bordo una noche en Boston; una semana más tarde Dan Cody moría de manera inhóspita.

Recuerdo el retrato de Cody en la habitación de Gatsby; un hombre gris y grueso de rostro duro y vacío, el típico libertino pionero que durante una fase de la vida norteamericana trajo de regreso al litoral oriental la violencia salvaje del burdel y de la taberna de la frontera. Se debía a Cody, de manera indirecta, el que Gatsby tomara tan poco licor. Algunas veces, en el curso de alguna animada comida, a las mujeres les daba por frotarle champaña en el cabello; en cuanto a él, se formó el hábito de dejar el licor en paz.

Y fue de Cody de quien heredó dinero; un legado de veinticinco mil dólares. No se lo dieron. Nunca entendió la argucia legal que emplearon contra él, pero lo que quedó de los millones se fue intacto a Ella Kaye. Lo que sacó fue esta singular educación, tan apropiada para él; el vago perfil de James Gatsby se había rellenado con la sustancia de un hombre.

Él mismo me contó todo esto mucho después, pero yo lo puse aquí con la idea de hacer reventar aquellos primeros rumores locos sobre sus antecedentes, que ni siquiera se acercaban un poco a la verdad. Además, él me lo contó en un momento de confusión, cuando yo había llegado al punto de creerlo todo y nada acerca de él. Entonces saqué ventaja de este pequeño alto —en que Gatsby, por así decirlo, hacía una pausa para respirar—, para aclarar esta cantidad de concepciones falsas.

Fue un alto, también, en mi relación con sus asuntos. Durante una semana no lo vi ni oí su voz por teléfono; la mayor parte del tiempo yo estaba en Nueva York, trotando de aquí para allá con Jordan y tratando de congraciarme con su senil tía; pero al fin, una tarde de domingo, me dirigí a su casa. No llevaba allí dos minutos cuando alguien trajo a Tom Buchanan para tomarse un trago. Yo me sobresalté, como es natural, pero lo que más me sorprendió es que esto no hubiera sucedido antes.

Era un grupo de tres jinetes; Tom, un hombre de apellido Sloane y una hermosa mujer ataviada en un bello vestido de montar, color castaño, que ya había estado allí antes.

–Qué bueno verlos –dijo Gatsby, de pie en su pórtico–. Me encanta que hayan caído en este sitio.

¡Como si les importara!

–Siéntense por favor. ¿Desean un cigarrillo o un cigarro? –caminaba por el cuarto con rapidez, tocando timbres. Haré que les traigan algo de beber en un minuto.

Lo afectaba profundamente que Tom se encontrará allí. Pero se sentiría mal de todas maneras hasta que les hubiera podido ofrecer algo, intuyendo que para eso venían. El señor Sloane no quería nada. ¿Una limonada? No, gracias. ¿Un poco de champaña? Nada, muchas gracias... lo siento...

–¿Estuvo agradable el paseo a caballo?

–Hay caminos muy buenos por aquí.

–Supongo que los automóviles...

–Sí.

Movido por un impulso irresistible, Gatsby se volvió hacia Tom, que había aceptado ser presentado como un desconocido.

–Creo que nos hemos encontrado en alguna otra parte antes, señor Buchanan.

–Oh, sí –dijo Tom, con cortesía hosca, pero, obviamente, sin recordarlo–; sí, nos encontramos antes. Lo recuerdo muy bien.

–Hace más o menos dos semanas.

–Es cierto. Usted estaba con Nick.

–Conozco a su mujer –continuó Gatsby casi con agresividad.

–¿De veras?

Tom se volvió hacia mí.

–¿Vives cerca de aquí, Nick?

–Soy vecino.

–No me lo diga.

El señor Sloane no entró en la charla sino que se quedó recostado con altivez en su sillón; la mujer tampoco decía nada, pero de un momento a otro, después de dos *highballs,* se volvió cordial.

–Todos vendremos a su próxima fiesta, señor Gatsby – insinuó.

–¿Cómo dice? Claro, me encantaría tenerlos aquí.

–Sería muy bueno –dijo el señor Sloane sin sentir gratitud–. Bueno, pienso que ya debemos irnos.

–Por favor, no se apresuren –les insistió Gatsby. Ya había logrado controlarse, y quería ver a Tom más tiempo–. ¿Por qué no... por qué no se quedan a comer? No me sorprendería que llegara otra gente de Nueva York.

–Vengan ustedes a comer conmigo –dijo la dama con entusiasmo–. Los dos.

Esto me incluía a mí. El señor Sloane se levantó.

–Ven –dijo, pero sólo a ella.

–De veras –insistió ella–. Me gustaría que vinieran. Tengo mucho espacio.

Gatsby me miró inquisitivo. Deseaba ir y no se percataba de que el señor Sloane estaba decidido a que no fuera.

–Yo creo que no voy a poder –dije.

–Entonces venga usted –insistió ella, concentrándose en Gatsby.

El señor Sloane murmuró algo al oído de la mujer.

–No llegaremos tarde si salimos ya –insistió ella en voz alta.

–No tengo caballo –dijo Gatsby–. Solía montar en el ejército, pero nunca he comprado un caballo. Tendría que seguirlos en mi auto. Excúsenme un minuto.

Los demás salimos caminando hacia el pórtico, donde Sloane y la dama sostuvieron una apasionada conversación a un lado.

–Dios mío, me parece que el hombre sí viene –dijo Tom. ¿No se da cuenta que ella no quiere?

Ella dice que sí quiere.

–Tiene una comida grande y él no va a conocer un alma allí –frunció el ceño–. Me pregunto dónde diablos conocería a Daisy. Por Dios, puede que sea anticuado en mis ideas, pero las mujeres andan rodando demasiado estos días para mi gusto. Conocen toda suerte de bichos raros.

De un momento a otro, el señor Sloane y la dama bajaron las escalinatas y se montaron a los caballos.

–Ven –dijo el señor Sloane a Tom–. Estamos retrasados. Nos tenemos que ir –y después me dijeron a mí:

–Dígale por favor que no lo pudimos esperar, ¿Lo hará?

Tom y yo nos dimos un apretón de manos, los demás intercambiaron un saludo con la cabeza y el grupo se marchó trotando veloz por la vereda, desapareciendo bajo el follaje de agosto en el preciso instante en que Gatsby, de sombrero y con una chaqueta liviana en la mano, salía por la puerta delantera.

Era evidente que a Tom le molestaba que Daisy estuviera saliendo sola, porque el sábado siguiente vino con ella a la fiesta de Gatsby por la noche. Tal vez fue su presencia lo que le dio a la velada su peculiar tinte de opresión; se destaca ésta en mi memoria sobre todas las otras fiestas de Gatsby de aquel verano. Había concurrido la misma gente, o al menos la misma clase de gente; había la misma profusión de champaña, el mismo alboroto abigarrado y lleno de distintas voces, pero yo sentía algo desagradable en el ambiente, una dureza que lo invadía todo, que nunca había estado allí antes.

O quizás era simplemente que yo me había acostumbrado a él, que había llegado a aceptar a West Egg como un mundo completo en sí mismo, con sus propias normas y sus propios personajes, no inferior a nada, porque no tenía conciencia de serlo, y ahora lo veía de nuevo, a través de los ojos de Daisy. No dejaba nunca de entristecerme mirar a través de ojos nuevos las cosas en las cuales uno ha gastado la capacidad de adaptación.

Ellos llegaron al atardecer, y mientras paseábamos entre los cientos de personas efervescentes, la voz de Daisy le hacia numerosos trucos en la garganta.

—Estas cosas me excitan tanto —murmuró—. Si quieres besarme en cualquier momento durante la velada, Nick, déjamelo saber y tendré todo gusto en permitírtelo. Nomás menciona mi nombre. O preséntame una tarjeta verde. Estoy repartiendo tarjetas verdes...

—Mira allí —sugirió Gatsby.

—Estoy mirando todo. Estoy pasándola muy bien.

—Estás viendo los rostros de mucha gente sobre la cual has oído hablar.

Los ojos arrogantes de Tom se posaron sobre la multitud.

—Nosotros no salimos mucho —dijo él—; de hecho estaba pensando que no conozco a nadie aquí.

—Tal vez conozcas a aquella dama —Gatsby señaló a una fabulosa y poco humana orquídea de mujer, sentada con gran pompa bajo un ciruelo blanco. Tom y Daisy miraron con aquel sentimiento particularmente irreal que acompaña el reconocimiento de una estrella de cine hasta aquel entonces famosa de una manera fantasmagórica.

—Es hermosa —dijo Daisy.

—El hombre que está agachado a su lado es su director.

Gatsby los llevó con gran formalidad de grupo en grupo:

—La señora Buchanan... y el señor Buchanan... —y tras vacilar un instante— El jugador de polo.

—Oh, no —objetó Tom enseguida—. Yo no.

Pero era claro que el sonido de esta frase le agradó a Gatsby, porque Tom siguió siendo "el jugador de polo" por el resto de la velada.

—Jamás había encontrado tanta gente famosa —exclamó Daisy—. Me gustó ese hombre... ¿Cómo se llama.... el de la nariz esa, como azul?

Gatsby lo identificó, agregando que era un pequeño productor.

—Bueno, en todo caso, me gustó.

—Yo no quisiera seguir siendo el jugador de polo —dijo Tom con amabilidad—, preferiría dedicarme a mirar a toda aquella gente famosa y pasar desapercibido.

Daisy y Gatsby bailaron. Recuerdo mi sorpresa por su fox-trot conservador pero gracioso; jamás lo había visto bailar. Luego, se fueron caminando hacia mi casa y se sentaron en las gradas por media hora, mientras, a petición de ella, yo me quedé vigilando en el jardín.

—En caso de que haya un incendio o una inundación —explicó ella—, o cualquier acto de la Providencia.

Tom salió de su anonimato y apareció cuando estábamos comiendo juntos.

—¿Les importa si ceno allí con otra gente? —dijo—. Hay un tipo contando unos chistes muy graciosos.

—Adelante —contestó Daisy de muy buen humor—, y si quieres apuntar alguna dirección, aquí tienes mi lapicito de oro... Después de un momento miró en derredor y me dijo que la chica era "ordinaria pero bonita", y yo supe que, salvo la media hora que había pasado con Gatsby, no se había divertido.

Nosotros estábamos en una mesa más achispada de lo normal. Esto era culpa mía... a Gatsby lo habían llamado al teléfono, y yo me había sentido bien con esta misma gente tan sólo dos semanas antes. Pero lo que me había divertido aquella vez, ahora me hacía sentir un olor fétido en el aire.

—¿Cómo se siente, señorita Baedeker?

La chica a quien se le hablaba estaba tratando, sin éxito, de desplomarse sobre mi hombro. Al hacerle esta pregunta se sentó y abrió los ojos.

–¿Qué?

Una mujer gruesa y letárgica que había estado insistiéndole a Daisy que jugara golf con ella en el club local al día siguiente, salió en defensa de la señorita Baedeker.

–Oh, ella ya está bien. Cuando ha bebido cinco o seis cócteles siempre comienza a gritar así. Tengo que decirle que deje de tomar.

–Ya dejé de tomar –afirmó la acusada con voz hueca.

–Te escuchamos gritar y le dije al doctor Civet, que está aquí:

–Hay alguien que necesita su ayuda, doctor.

–Ella le está muy agradecida –dijo otra amiga sin gratitud–, pero usted le mojó todo el vestido cuando le metió la cabeza a la piscina.

–Lo que más me puede molestar es que me metan la cabeza a la piscina –murmuró la señorita Baedeker.

–Casi me ahogan una vez en Nueva jersey.

–Entonces deje de tomar –replicó el doctor Civet.

–¡Mira quién habla! exclamó la señorita Baedeker con violencia–. A usted le tiembla la mano. ¡No dejaría que me operara!

Esas eran las cosas que sucedían. Mi último recuerdo fue cuando estaba de pie con Daisy, viendo al director de películas con su estrella. Seguían bajo el ciruelo blanco y sus rostros se tocaban, excepto por un pálido y débil rayo de luz de luna que se escurría entre ambos. Se me ocurrió que él había estado agachándose con suma lentitud toda la tarde para lograr esta proximidad, y mientras lo miraba lo vi agacharse el último grado y besarle la mejilla.

–Me gusta ella –dijo Daisy–, me parece bonita.

Pero todo lo demás la ofendía, y sin posibilidad de discutirle, porque la suya no era una pose sino una emoción. Estaba pasmada por West Egg –este "lugar" sin precedentes que Broadway había engendrado en una alargada población pesquera de una isla–; estaba apabullada por su vigor virgen, exacerbado bajo los viejos eufemismos y el destino demasiado atrevido, que llevaba a sus habitantes a dar un atajo de la nada a la nada. Vio algo terrible en esta simplicidad, que no logró entender.

Yo me senté en las escalinatas delanteras con ellos mientras esperaban el auto. Aquí, en el frente, estaba oscuro. Sólo la brillante puerta lanzaba diez pies cuadrados de luz al aire suave de la madrugada oscura. Algunas veces una sombra se movía contra la persiana de algún tocador del segundo piso y le cedía el puesto a otra, en una procesión sin fin de sombras que se echaban colorete y polvo en un espejo invisible.

–¿Quién es este Gatsby, pues? –preguntó Tom de repente–. ¿Algún gran contrabandista de licor?

–¿Dónde escuchaste eso? –pregunté.

–No lo escuché. Lo imagino. Muchos de estos nuevos ricos son sólo eso, como tú sabes: grandes contrabandistas de licor.

–Gatsby, no –dije cortante.

Se quedó callado por un momento. Los guijarros del camino le tallaban los pies.

–Bueno, seguro que debió haber sudado mucho para lograr reunir este zoológico.

La brisa movía la neblina gris del cuello de piel de Daisy.

–Al menos son más interesantes que la gente que conozco –dijo con un esfuerzo.

–No me pareciste tan interesada.

–Pues sí lo estaba.

Tom rió y se volvió hacia mí.

–¿Te diste cuenta de la cara que puso Daisy cuando aquella chica le pidió que la metiera en una ducha fría?

Daisy comenzó a cantar al compás de la música, con un susurro ronco y rítmico que arrancaba significado a cada palabra donde nunca antes lo había tenido y nunca después lo volverla a tener. Cuando la melodía subió, su voz se quebró con dulzura, siguiéndola, con esa cualidad que tienen las voces de contralto, y cada cambio hacía salir un poco más de su cálida magia humana al aire.

–Mucha gente que está aquí no fue invitada–dijo de pronto–. A aquella chica no la invitaron. Simplemente se cuelan aquí y él es demasiado cortés para decir algo.

–A mí me gustaría saber quién es y qué hace –insistió Tom–. Y creo que me voy a dedicar a averiguarlo.

–Yo te lo puedo decir ya mismo –contestó ella–. Era dueño de unas droguerías, de una gran cantidad de droguerías. Él mismo las fundó.

La demorada limosina llegó rodando por el camino.

–Buenas noches, Nick –dijo Daisy.

Su mirada me dejó y buscó el extremo iluminado de las escaleras donde estaban tocando *Las tres de la mañana,* un triste valsecito de aquel arco, que se escuchaba por la puerta. Después de todo, en la falta misma de distinción de la fiesta de Gatsby se daban posibilidades románticas ausentes del todo en el mundo de ella. ¿Qué tenía aquella canción que parecía llamarla a regresar al interior? ¿Qué sucedería ahora en las incalculables y oscuras horas? Tal vez llegaría algún huésped increíble, una persona completamente extraña de la cual uno se tendría que maravillar; alguna chica joven, verdaderamente radiante, que con una fresca mirada a Gatsby, en un momento de encuentro mágico, borraría aquellos cinco años de completa devoción.

Me quedé hasta tarde aquella noche; Gatsby me pidió que esperara hasta que estuviera libre, y yo permanecí en el jardín hasta cuando el infaltable grupo de nadadores regresó, muertos de frío pero alegres, de la playa oscura, y hasta que las luces se extinguieron en los cuartos de huéspedes de los pisos de arriba. Cuando él por fin bajó por las escaleras, su piel bronceada estaba especialmente ceñida al rostro, y en sus ojos brillantes se observaba cansancio.

–A ella no le gustó esto –dijo él enseguida.

—Claro que sí.

—No le gustó —insistió él—. No se divirtió.

Se quedó en silencio y yo adiviné su inexpresable depresión.

—Siento que me alejo de ella —dijo—. Es difícil hacerla entender.

—¿Te refieres al baile?

—¿El baile? —hizo un gesto de desdén para todos los bailes que había ofrecido, haciendo sonar sus dedos—. Viejo amigo, el baile no importa.

Quería de Daisy nada más y nada menos que fuera adonde Tom y le dijera: "jamás te he amado."

Borrando cuatro años con aquella frase, podrían ellos, después, decidir sobre las medidas prácticas que se deberían tomar. Una de ellas era que, al Daisy recuperar su libertad, regresaran a Lousville y se casaran saliendo de su casa, como si esto sucediera hace cinco años.

—Pero ella no entiende —dijo él—. Antes ella era capaz de entender. Nos sentábamos horas y horas...

Se derrumbó y comenzó a caminar por el desolado sendero lleno de cáscaras de frutas, favores descartados y flores aplastadas.

—Yo no le pediría tanto —aventuré yo—. Uno no puede repetir el pasado.

—¿No se puede repetir el pasado? —exclamó él, no muy convencido de ello—. ¡Pero claro que se puede!

Miró a su alrededor con desesperación, como si el pasado acechara aquí, en la sombra de su casa, lejos de su alcance por muy poco.

—Voy a organizar las cosas para que todo sea igual que antes, hasta el último detalle —dijo, moviendo la cabeza con determinación—. Ella verá.

Habló largo sobre el pasado y colegí que deseaba recuperar algo, alguna imagen de sí mismo quizás, que se había ido en amar a Daisy. Había llevado una vida desordenada y confusa desde aquella época, pero si alguna vez pudiera regresar a un punto de partida y volver a vivirla con lentitud, podría encontrar qué era la cosa...

Una noche de otoño, cinco años atrás, habían estado caminando por la calle mientras caían las hojas, cuando llegaron a un lugar donde no había árboles y el andén estaba iluminado de luz de luna. Allí se detuvieron y se miraron cara a cara. La noche estaba fría ya, llena de aquella misteriosa emoción que se da dos veces al año, con el cambio de estación. Las inmóviles luces de las casas susurraban en la oscuridad y las estrellas titilaban agitadas. Por el rabillo del ojo vio Gatsby que los bloques del andén formaban en realidad una escalera que llevaba a un lugar secreto entre los árboles; él podría trepar, si lo hacía solo y una vez allí, podría succionar la savia de la vida, tragar el inefable néctar del asombro.

Su corazón comenzó a latir con más y más fuerza a medida que Daisy acercaba el rostro al suyo. Sabía que cuando besara a esta chica y esposara por siempre sus visiones inexpresivas al perecedero aliento de ella, su mente dejaría de vagar inquieta como la mente de Dios. Esperó un instante, escuchando, por un momento más, el diapasón que había sido golpeado contra una estrella. Y la besó. Al tocarla con sus labios, ella se abrió para él como una flor, y la encarnación se completó.

En medio de todo lo que dijo, aun en medio de su apabullante sentimentalismo, yo recordaba algo, un ritmo esquivo, el fragmento de palabras perdidas que había escuchado hacía largo tiempo. Durante un instante una frase intentó formarse en mi boca y mis labios se separaron como los de un mudo, como si en ellos hubiera más batallas que el simple jirón de aire asombrado. Pero no emitieron ningún sonido, y aquello que estuve a punto de recordar quedó sin decir para siempre.

VII

Cuando la curiosidad que provocaba Gatsby estaba en su punto más alto, las luces de su casa no se encendieron un sábado en la noche; del mismo modo oscuro como había dado comienzo, terminó su carrera de Trimalción. De un modo muy gradual entendí que los automóviles que llegaban llenos de expectativas a su explanada permanecían sólo un minuto y luego se marchaban de mala gana. Me pregunté si estaría enfermo y decidí pasar a su casa a averiguarlo, pero un mayordomo desconocido, con cara de malvado, me miró con recelo desde la puerta.

—¿El señor Gatsby se encuentra enfermo?

—No —después de una pausa agregó "señor" de manera dilatoria y a regañadientes.

—Como no lo he visto por los alrededores, estaba un poco preocupado. Dígale que el señor Carraway pasó por acá.

—¿Quién? —preguntó altanero.

—Carraway.

—Carraway. De acuerdo, le diré.

Y sin más, cerró la puerta de un golpe.

Mi finlandesa me informó que el señor Gatsby había despedido a todos los criados de su casa la semana anterior y que los había reemplazado por media docena de nuevo personal, que jamás iba al pueblo de West Egg para recibir sobornos de los comerciantes, sino que hacían las compras con moderación por teléfono. El muchacho de la tienda de abarrotes contó que la cocina parecía una pocilga, y la opinión de todos en el pueblo era que los nuevos empleados no parecían ningunos criados.

Al día siguiente Gatsby me llamó por teléfono.

—¿Te vas de aquí? —pregunté.

—No, viejo amigo.

—Escuché que despediste a todos tus criados.

–Quería gente que no anduviera con habladurías. Daisy viene con frecuencia... por las tardes.

De modo que la gran ostentación se había desplomado como un castillo de naipes ante los ojos llenos de reproche de Daisy.

–Estas son algunas personas por las cuales Wolfsheim quería hacer algo. Son todos hermanos y solían estar a cargo de un pequeño hotel.

–Ya veo.

Me llamaba por pedido de Daisy. ¿Quería ir a almorzar a la casa de ella al día siguiente? La señorita Baker estaría allí. Media hora después, Daisy misma llamó y pareció sentir alivio al saber que también yo iría. Algo pasaba. Y sin embargo, yo no podía creer que hubieran escogido aquella ocasión para hacer una escena..., y en especial para la desgarradora escena que Gatsby había esbozado en el jardín.

El día siguiente estaba que hervía, era casi el último del verano y, de hecho, el más caluroso. Cuando mi tren emergió del túnel hacia la luz del sol, las sirenas calientes de la Compañía Nacional de Galletas eran lo único que rompía el sereno silencio del medio día. Los asientos de paja del vagón vacilaban, al borde de la combustión; la mujer sentada junto a mí sudó delicadamente un rato hasta empapar su vestido blanco y luego, cuando el periódico se humedeció bajo sus dedos, se dejó desesperar por el intenso calor y emitió un grito desolado. Se le cayó la billetera al suelo.

–¡Ay, Dios –dijo asfixiada.

Yo me agaché, desganado, a recogérsela y se la devolví, sosteniéndola con el brazo estirado y asiéndola por todo el extremo, para indicar que no tenía planes de quedarme con ella, pero aún así los que me rodeaban, incluida la dama, me miraron con desconfianza.

–¡Qué clima éste! –dijo el conductor a las caras conocidas– ¡Qué calor...! ¡Está caliente!, ¡caliente!, ¡caliente!, ¿no tienen demasiado calor?, ¿no les parece... ?

Me devolvió el boleto de viaje con una mancha oscura, producida por su mano. ¡Cómo le podía importar a alguien en este calor cuáles labios rojos quisiera besar, o qué cabeza iba a humedecer el bolsillo de la piyama que cubre el corazón!

...En el vestíbulo de la casa de los Buchanan soplaba un viento suave que nos trajo el sonido del timbre del teléfono a Gatsby y a mí mientras esperábamos en la puerta.

–¡El cuerpo del señor! –rugió el mayordomo en la bocina–; lo siento, señora, pero no se lo podemos facilitar... ¡está haciendo demasiado calor para tocarlo esta tarde!

Lo que en realidad dijo fue:

–Sí... sí... voy a ver.

Colgó el receptor y vino hacia nosotros, un poco brillante, para recibirnos los rígidos sombreros de paja.

–La señora los espera en el salón –exclamó, indicando sin necesidad la dirección. En aquel calor, cualquier gesto superfluo era una afrenta a las reservas comunes de vida.

La habitación, bien ensombrecida por las marquesinas, estaba oscura y fresca. Daisy y Jordan, debilitadas sobre un enorme sofá como ídolos de plata, se pisaban los vestidos blancos para protegerse de la cantarina brisa de los ventiladores.

–No somos capaces de movernos –dijeron al unísono.

Los dedos de Jordan, empolvados de blanco para disimular su piel bronceada, descansaron un rato sobre los míos.

–¿Y el señor Thomas Buchanan, el atleta? –pregunté.

En el preciso instante escuché, apagada, su voz gruñona y ronca en el teléfono del vestíbulo.

Gatsby estaba de pie en el centro del tapete carmesí, mirando en derredor con ojos fascinados. Daisy lo observaba, riendo con su risa dulce y excitante; una minúscula nubecilla de polvo salió al aire desde su pecho.

–Dicen las malas lenguas –susurró Jordan– que en el teléfono está la chica de Tom.

Guardábamos silencio. La voz del vestíbulo se elevó, mostrando disgusto:

—Muy bien, entonces; ya no le voy a vender el auto... No tengo ninguna obligación con usted... ¡y molestarme con eso a la hora de almorzar, no se lo permito!

—Tiene el auricular abajo —exclamó Daisy con cinismo.

—No es así —le aseguré—. Es una transacción de verdad. Lo sé por casualidad.

Tom abrió la puerta de golpe, tapando el espacio por un instante con su gran tamaño, y entró al salón.

—¡Señor Gatsby! —estiró su mano ancha y aplanada con un bien disimulado disgusto—. Me place verlo, señor... Nick...

—Prepáranos un trago frío —exclamó Daisy.

Cuando hubo salido de la habitación de nuevo, ella se levantó, caminó hacia Gatsby y atrayendo su rostro le dio un beso en la boca.

—Tú sabes que te amo —murmuró.

—Te olvidas que hay una dama presente —dijo Jordan.

Daisy miró en derredor con dudas.

—Besa también tú a Nick.

—¡Qué chica más baja y vulgar!

—¡No me importa! —exclamó Daisy y comenzó a cargar la chimenea de ladrillo—. Recordó entonces el calor y, culpable, se sentó en el sofá, justo en el momento en que una niñera con la ropa recién aplanchada entraba a la habitación, llevando a una niñita de la mano.

—Mi-di-osa, pre-cio-sa —canturreó, extendiendo las manos—; ven a donde tu mamita que te ama tanto.

La niña, a quien la niñera había soltado ya, salió corriendo por la habitación y se hundió con timidez en el vestido de la madre.

—¡Mi-dio-sa, pre-cio-sa! ¿Te empolvó tu madre tu pobre pelito rubio? Párate y di: "¿Cómo están?"

Gatsby y yo nos agachamos por turnos para apretar su manita reacia. Después, él siguió mirando a la niña con sorpresa. No creo que hasta aquel momento hubiera creído que en verdad existía.

—Me vestí antes del almuerzo —dijo la niña, volviéndose ansiosa hacia Daisy.

—Eso fue porque tu mamá quiere que te vean bien linda —su rostro se hundió en el único pliegue del pequeño cuello blanco—. Eres un sueño. Un absoluto sueñito.

—Sí —admitió la niña con calma—. La tía Jordan también tiene un vestido blanco.

—¿Te gustan los amigos de mamá? —Daisy la hizo volverse para que pudiera dar la cara a Gatsby—. ¿Te parecen bonitos?

—¿Dónde está papi?

—Ella no se parece a su papá —dijo Daisy—. Se parece a mí. Tiene mi cabello y el óvalo de mi cara.

Daisy se sentó de nuevo en el sofá. La niñera dio un paso adelante y la tomó de la mano.

—Ven, Pammy.

—¡Adiós, cariño!

Con una mirada reticente hacia atrás, la obediente niña se pegó de la mano de la niñera, que la sacó del cuarto, al tiempo que Tom regresaba precediendo cuatro tragos de ginebra que tintineaban llenos de hielo.

Gatsby tomó el suyo.

—¡Qué fríos se ven! —dijo con visible tensión.

Tomamos unos sorbos largos y voraces.

—Leí en algún lado que el sol se pone más caliente cada año —dijo Tom con buen humor—. Parece ser que muy pronto la tierra se va a caer en el sol o, tal vez, es todo lo contrario: el sol se está poniendo más frío cada año.

—Ven, salgamos —le sugirió a Gatsby—; quiero que le eches una mirada al lugar.

Yo salí con ellos a la terraza. En el verde estuario, estancado por el calor, un botecito de vela se arrastraba con lentitud hacia el mar más fresco. Los ojos de Gatsby lo siguieron por un momento; levantó la mano y señaló hacia el otro lado de la bahía.

–Vivo exactamente al frente de ustedes.

–Eso veo.

Nuestros ojos se elevaron por sobre el rosal y el prado caliente y las basuras llenas de malezas de los días de sol canicular de la playa. Lentas, las blancas alas del bote se movían contra el frío límite azul del firmamento. Más allá se extendía el ondulado océano con su miríada de plácidas islas.

–Ese es un buen deporte–dijo Tom, asintiendo con la cabeza–. Me gustaría estar con él allá una hora.

Almorzamos en el comedor, oscurecido también para contrarrestar el calor, pasando la alegría tensa con cerveza fría.

–¿Qué va a ser de nosotros esta tarde? –exclamó Daisy–, ¿y el día siguiente, y los próximos treinta años?

–No seas morbosa–dijo Jordan–. La vida comienza de nuevo cuando llega la frescura del otoño.

–Pero es que está haciendo tanto calor –dijo Daisy, a punto de llorar–. Y todo está tan confuso. ¡Vayamos a la ciudad!

Su voz combatió contra el calor, golpeándolo, esculpiendo formas a partir de su sinsentido.

–He oído decir que la gente convierte un establo en *garage* le decía Tom a Gatsby, pero soy el primero en hacer de un *garage* un establo.

–¿Quién quiere ir a la ciudad? –preguntó Daisy con insistencia. Los ojos de Gatsby flotaron hacia los suyos.

–¡Ah! –exclamó–, te ves tan fresco.

Sus ojos se encontraron y se miraron el uno al otro, solos en el espacio. Con gran esfuerzo Daisy bajó la mirada hacia la mesa.

–Te ves siempre tan fresco –repitió.

Ella le había dicho que lo amaba, y Tom Buchanan se había dado cuenta. Se quedó atónito. Entreabrió los labios y miró a Gatsby, y luego a Daisy, como si acabara de darse cuenta de que ella era una persona a quien conocía desde hacía mucho tiempo.

–Te pareces a la propaganda ésa del hombre –prosiguió Daisy inocente–. Tú conoces esa propaganda del hombre...

–Está bien –interrumpió Tom enseguida–. Estoy listo para ir a la ciudad. Vengan... nos vamos todos a la ciudad.

Se levantó, sus ojos iban y venían, a toda velocidad, de Gatsby a su esposa. Nadie se movió.

–¡Vamos, entonces! –estaba un poco irritado–. ¿Qué, es lo que pasa? Si vamos a ir a la ciudad, entonces salgamos ya –su mano, que temblaba por el esfuerzo en mantener el control, llevó a sus labios lo que quedaba del vaso de cerveza.

La voz de Daisy hizo que nos levantáramos y saliéramos al ardiente camino empedrado.

–¿Nos vamos a ir así, sin más? –objetó–. ¿No vamos a permitirle a nadie fumarse un cigarrillo primero?

–Ya fumamos durante todo el almuerzo.

–Ah, divirtámonos –le suplicó ella–. Está haciendo demasiado calor para discutir por tonterías.

No contestó.

–Como quieras –dijo ella–. Vamos, Jordan.

Subieron a arreglarse mientras los tres hombres permanecimos dándoles patadas a los cigarros. Un plateado anillo de luna pendía ya sobre el cielo del oeste. Gatsby comenzó a hablar y cambió de idea, pero no antes de que Tom se volviera y lo encarara expectante.

–¿Tiene aquí sus establos? –dijo Gatsby haciendo un esfuerzo.

–Como a un cuarto de milla de aquí, por el camino.

–Ah.

Una pausa.

–No veo para qué tenemos que ir a la ciudad –estalló Tom con furia–. A las mujeres se les meten unas ideas en la cabeza...

–¿Llevamos algo para tomar? –gritó Daisy desde una ventana del piso de arriba.

–Voy por whisky –contestó Tom y entró a la casa.

Gatsby se volvió hacia mí, muy tenso.

–No soy capaz de decir nada en esta casa, viejo amigo.

–La voz de Daisy es indiscreta –comenté–. Está llena de... –vacilé.

–Su voz está llena de dinero –dijo él, de súbito.

Había dado en el clavo. Yo nunca lo había entendido antes. Estaba llena de dinero. Era éste el inagotable encanto que subía y bajaba en ella, su tintineo, el canto de platillos que tenía. Alta en un blanco palacio, la hija del rey, la joven adorada.

Tom salió de la casa envolviendo la botella en una toalla, seguido por Daisy y Jordan, que lucían unas apretadas gorras de tela metálica y llevaban los abrigos ligeros en el brazo.

–¿Vamos todos en mi auto? –insinuó Gatsby. Tocó el caliente cuero verde del asiento–. Debí haberlo dejado a la sombra.

–¿Es de cambios corrientes? –preguntó Tom.

–Sí.

–Bueno. Toma entonces mi coupé y déjame manejar tu auto hasta la ciudad.

A Gatsby no le gustó la idea.

–Creo que no tiene mucha gasolina–objetó.

–Hay de sobra –dijo Tom con furia contenida. Miró el marcador–. Y si se acaba, puedo parar en una droguería. Hoy en día se puede comprar de todo en las droguerías.

Una pausa siguió a su comentario, insustancial en apariencia. Daisy miró a Tom con el ceño fruncido; una expresión indefinible, que me resultaba al mismo tiempo definitivamente desconocida y vagamente reconocible, como si sólo la hubiera oído descrita con palabras, surcó el rostro de Gatsby.

–Ven, Daisy –dijo Tom, empujándola con la mano hacia el auto de Gatsby–. Yo te llevaré en este carromato.

Abrió la puerta, pero ella se salió del círculo de sus brazos.

—Lleva tú a Nick y a Jordan. Nosotros te seguiremos en la coupé.

Ella se acercó a Gatsby y le tocó el saco con la mano. Jordan, Tom y yo nos acomodamos en el asiento delantero del auto de Gatsby; Tom empujó los cambios desconocidos para ensayarlos y salimos disparados hacia el opresivo calor, dejándolos atrás, fuera de nuestra vista.

—¿Notaron eso? —preguntó Tom.

—¿Qué?

Me dio una mirada penetrante, dándose cuenta de que Jordan y yo debíamos haber estado enterados todo el tiempo.

—Ustedes me creen tonto, ¿no? —insinuó—. Quizás lo sea, pero tengo... una especie de sexto sentido, algunas veces, que me dice qué hacer. Tal vez no lo crean, pero la ciencia...

Hizo una pausa. La contingencia inmediata lo apabulló, salvándolo del borde del precipicio de lo teórico.

—Hice una pequeña averiguación sobre ese tipo —continuó—. Hubiera ido más a fondo, de haber sabido que...

—¿Quieres decir que fuiste adonde un médium? —preguntó Jordan.

—¿Qué? —confundido, nos veía reír—. ¿Un médium?

—En relación con Gatsby.

—¡Con Gatsby!, no; dije que había estado llevando a cabo una pequeña averiguación sobre su pasado.

—Y encontraste que era egresado de Oxford —dijo Jordan por ayudarle.

—¿De Oxford? —respondió incrédulo—. ¡Ni por el diablo! Usa trajes rosados.

—Pero a pesar de todo sí es egresado de Oxford.

—Oxford, Nuevo México—estalló Tom con desdén—, o algo por el estilo.

—Escucha, Tom. Si eres tan pretencioso, ¿por qué lo invitaste a almorzar? —preguntó Jordan irritada.

–Fue Daisy. Ella lo conocía antes de que nos casáramos. ¡Dios sabrá de dónde!

Todos estábamos irritados; se nos había pasado el efecto de la cerveza y, conscientes de ello, viajamos en silencio un rato. Luego, cuando los ojos desteñidos del doctor T. J. Eckleburg empezaron a divisarse a lo lejos, recordé la advertencia de Gatsby sobre la gasolina.

–Tenemos suficiente para llegar a la ciudad dijo Tom.

–Pero hay una gasolinera aquí mismo –objetó Jordan–. No quiero quedarme varada en este horno.

Tom accionó ambos frenos al tiempo con impaciencia, y nos deslizamos hasta llegar a un alto, polvoriento y abrupto, bajo el aviso de Wilson. Al cabo de un rato el propietario salió del interior de su establecimiento y dirigió una mirada vacía al auto.

–¡Gasolina! –exclamó Tom con grosería–. ¿Para qué cree que paramos, para admirar el paisaje?

–Estoy enfermo –dijo Wilson sin moverse–. Llevo así todo el día.

–¿Qué pasa?

–Estoy anonadado.

–¿Y por eso voy a tener que echarle la gasolina yo? –preguntó Tom–. Parecías bien por el teléfono.

Con un esfuerzo, Wilson abandonó la sombra y el marco de la puerta y, respirando con dificultad, destapó la tapa del tanque. A la luz del sol su rostro se veía verde.

–No fue mi intención interrumpir su almuerzo –dijo–, pero necesito el dinero con mucha urgencia y quería saber qué iba a hacer usted con su auto viejo.

–¿Cómo te parece éste? –preguntó Tom–. Lo compré la semana pasada.

–Es un amarillo muy bonito –dijo Wilson, moviendo con trabajo la manivela.

–¿Te gustaría comprarlo?

130

—¡Vaya oportunidad! —esbozó una sonrisa—. No, pero podría ganarle algo al otro.

—¿Para qué quieres dinero tan de repente?

—Llevo aquí demasiado tiempo. Quiero irme. Mi esposa y yo deseamos marcharnos al Oeste.

—¿Tu esposa lo desea? —exclamó Tom, sorprendido.

—Ha hablado de ello durante diez años —descansó un instante apoyándose en la bomba y tapándose los ojos del sol—. Y ahora se va, lo quiera o no. Yo me la voy a llevar.

La coupé pasó con velocidad por nuestro lado, dejando una nube de polvo y la visión fugaz de una mano que decía adiós.

—¿Qué te debo? —dijo Tom con voz tajante.

—Hace dos días me enteré de algo raro —anotó Wilson—. Por eso es que me quiero largar. Por eso lo he estado molestando con lo de su auto.

—¿Qué te debo?

—Un dólar con veinte.

El sol implacable empezaba a aturdirme y pasé un mal momento antes de darme cuenta de que hasta ahora su recelo no había recaído sobre Tom. Wilson había descubierto que Myrtle llevaba algún tipo de vida, alejada de la suya, en otro mundo, y la impresión lo había dejado físicamente enfermo. Los miré, primero a él y luego a Tom, que había hecho un descubrimiento paralelo hacía menos de una hora, y se me ocurrió que no había diferencia entre los hombres, en inteligencia o raza, tan profunda como la diferencia entre el enfermo y el sano. Wilson estaba tan enfermo que parecía culpable, imperdonablemente culpable... como si hubiera acabado de dejar a una pobre chica esperando un hijo.

—Te daré el auto —dijo Tom—. Te lo mando mañana por la tarde.

Este lugar tenía siempre un no sé qué de inquietante, aun a plena luz del día; en ese momento volví la cabeza como si me hubiesen prevenido con respecto a algo detrás de mí.

Sobre los morros de ceniza los ojos gigantes del doctor T.J. Eckelburg mantenían su vigilia, pero después de un instante vi que otros ojos nos miraban con especial intensidad a menos de veinte pies de distancia.

Una de las ventanas que quedaban encima del taller tenía corridas las cortinas hacia un lado y Myrtle Wilson miraba hacia abajo, al auto. Tan embebida estaba que no tenía ninguna conciencia de estar siendo observada, y una emoción tras otra fueron trepando a su rostro, como objetos en una película en cámara lenta. Su expresión guardaba para mí una curiosa familiaridad; era una expresión que había visto con frecuencia en rostros femeninos, pero que en el de Myrtle Wilson parecía sin propósito ni explicación; y entonces caí en cuenta de que sus ojos, abiertos por el terror de los celos, estaban fijos no en Tom sino en Jordan Baker, a quien había tomado por esposa suya.

No hay conclusión igual a la conclusión de una mente simple, y cuando nos alejamos, Tom estaba sintiendo los ardientes latigazos del pánico. Su esposa y su amante, que una hora antes parecían tan seguras e inviolables, se escurrían a pasos agigantados de su control. El instinto lo hizo pisar el acelerador con el doble propósito de pasar a Daisy y dejar atrás a Wilson, y aceleró hacia el Astoria a cincuenta millas por hora, hasta que, entre la telaraña de vigas del paso elevado, alcanzamos a ver la coupé azul rodando suavemente.

—Las grandes salas de cine de los alrededores de la calle cincuenta son frescas —sugirió Jordan—. Yo adoro a Nueva York en las tardes de verano, cuando no hay nadie en ella. Tiene algo de sensual y maduro, como si de un momento a otro toda clase de frutas raras te fueran a caer en las manos.

La palabra "sensual" tuvo el efecto de inquietar a Tom, pero antes de que pudiera inventarse una réplica, la coupé se detuvo y Daisy nos hizo señales para que siguiéramos a su lado.

–¿A dónde vamos? –exclamó.

–¿Qué tal el cine?

–Está haciendo mucho calor–se quejó–. Vayan ustedes. Nosotros daremos una vuelta y nos encontramos después –con el esfuerzo se aguzó su ingenio–. Nos encontraremos en alguna esquina. Yo seré la persona que está fumándose dos cigarrillos.

–No podemos discutir esto aquí –dijo Tom con impaciencia al oír que detrás de nosotros un camión nos insultaba con la bocina–. Síganme para el lado sur del Central Park, al frente del Plaza.

Varias veces volvió la cabeza para mirar si el auto venía detrás. Cuando el tráfico lo retenía, él disminuía la velocidad hasta volverlo a ver. Creo que temía que se escaparan por alguna calle secundaria, saliendo de su vida para siempre. Sin embargo no lo hicieron y todos dimos el paso, menos explicable, de alquilar la sala de una *suite* en el hotel Plaza.

Aunque no logro asir la prolongada y bulliciosa discusión que terminó llevándonos a todos como un rebaño a aquel cuarto, tengo un claro recuerdo físico de que en el curso de ella mis calzoncillos se enroscaban como una serpiente alrededor de las piernas y que por mi espalda bajaban, intermitentes, frías gotas de sudor. La idea se originó a partir de la sugerencia de Daisy, de que alquiláramos cinco baños y nos bañáramos con agua fría, y luego asumió una forma más tangible como "un sitio para tornarnos un *julep* de menta". Cada uno de nosotros dijo una y otra vez que era una "idea loca"; le hablamos al mismo tiempo al perplejo empleado y pensamos, o aparentamos pensar, que estábamos siendo muy graciosos.

El cuarto era espacioso y sofocante, y, aunque ya eran las cuatro de la tarde, lo único que conseguimos al abrir las ventanas fue que entrara el tenue olor de los arbustos del Parque. Daisy se encaminó hacia el espejo y se quedó allí de pie, dándonos la espalda mientras se arreglaba el cabello.

–Es una súper suite –susurró Jordan muy impresionada, y todos reímos.

–Abran otra ventana –ordenó Daisy, sin volverse.

–No hay más.

–Llamemos entonces para que nos manden un hacha.

–Hay que olvidarse del calor –dijo Tom con impaciencia–. Con rezongar tanto sólo logras empeorarlo.

Sacó la botella de whisky de la toalla y la puso sobre la mesa.

–¿Por qué no la dejas en paz, viejo amigo? –anotó Gatsby–. Tú fuiste quien quiso venir a la ciudad.

Hubo un momento de silencio. El directorio telefónico se salió del clavo y cayó desparramado al piso, con lo que Jordan murmuró: "Excúsenme"; pero esta vez nadie rió.

–Yo lo recojo –me ofrecí.

–Ya lo tengo –Gatsby examinó la cuerda partida, y murmuró: "¡hum!", con interés; entonces arrojó el libro sobre un sillón.

–Ésta es una gran expresión tuya, ¿no? –dijo Tom cortante.

–¿Cuál?

–Todo ese asunto de "viejo amigo". ¿De dónde lo sacaste?

–Mira, Tom, por favor –dijo Daisy, volviéndose del espejo–; si vas a ponerte a hacer comentarios personales, no me quedo ni un minuto más. Llama y ordena que traigan hielo para el *julep*.

Cuando Tom tomó el auricular, el calor comprimido explotó en sonidos y en ese momento comenzamos a escuchar los portentosos acordes de la *Marcha nupcial* de Mendelssohn desde el salón de bailes de la planta baja.

–¡Imagínense casarse uno con alguien en medio de semejante calor! –exclamó Jordan con desaliento.

–Ya ven, y yo me casé a mediados de junio –recordó Daisy–. ¡Louisville en junio! Alguien se desmayó. ¿Quién fue el que se desmayó, Tom?

–Biloxi –se limitó a contestar su marido.

–Un hombre llamado Biloxi. "Bloques" Biloxi, y fabricaba cajas–es cierto–; y era de Biloxi, Mississippi.

–Lo entraron cargado a mi casa –añadió Jordan–, porque nosotros vivíamos a dos casas de la iglesia. Y allí se quedó tres semanas, hasta que papi le dijo que se largara. Un día después, papi murió.

Un instante después agregó, como si pudiera haber sonado irreverente:

–No había ninguna relación.

–Yo conocí a un Bill Biloxi, de Memphis –dije.

–Era primo suyo. Me supe toda la historia de su familia antes de que se marchara. Me dio un palo de golf de aluminio, que todavía uso.

La música había cedido al comenzar la ceremonia y ahora entraba flotando por la ventana un largo brindis, seguido de intermitentes gritos de: "¡Sí, sí, bravo!" y luego un estallido de jazz cuando comenzó el baile.

–Nos estamos volviendo viejos–dijo Daisy–. Si fuésemos jóvenes nos levantaríamos y nos pondríamos a bailar.

–Recuerda lo que le pasó a Biloxi –la previno Jordan–. ¿Dónde lo conociste, Tom?

–¿Biloxi? –se concentró con esfuerzo–. Yo no lo conocía. Era amigo de Daisy.

–No era amigo mío –negó Daisy–. Jamás lo había visto antes. Vino en el vagón particular.

–Pues él dijo que te conocía. Dijo que había crecido en Louisville. Asa Bird lo trajo al último minuto y preguntó si había sitio para él.

Jordan sonrió.

–Estaba viajando a dedo para llegar a su casa. Me dijo que había sido presidente de tu grupo en Yale.

Tom y yo nos miramos extrañados.

–¿Biloxi?

–Como primera medida, no teníamos ningún presidente...

El pie de Gatsby estaba dando una serie de inquietos y cortos tamborileos, y de repente Tom lo miró.

–A propósito, señor Gatsby, entiendo que usted es egresado de Oxford.

–No exactamente.

–Oh, sí. Entiendo que usted estudió allí.

– Sí... allí estudié.

Hubo una pausa. Luego Tom dijo con voz incrédula e insultante:

–Usted debió de haber estado allí más o menos por la misma época en que Biloxi estuvo en New Haven.

Otra pausa. Un camarero entró trayendo la menta y el hielo picados, pero no rompió el silencio con su "gracias" y con la suavidad al cerrar la puerta.

Este tremendo detalle iba a ser aclarado al fin.

–Ya le dije que estudié allí –dijo Gatsby.

–Ya le oí. Pero quiero saber cuándo.

–Fue en 1919. Sólo me quedé cinco meses. Por eso no puedo considerarme en realidad un oxfordiano.

Tom miró en derredor para ver si reflejábamos su incredulidad. Pero todos mirábamos a Gatsby.

–Fue una oportunidad que le dieron a algunos de los oficiales después del armisticio –continuó–. Odiamos ir a cualquier universidad de Inglaterra o Francia.

Yo quería levantarme y darle una palmada en la espalda. Sentí un renovarse de mi más plena confianza en él, igual al que había sentido algunas veces en el pasado.

Daisy se levantó, con una incipiente sonrisa, y se acercó a la mesa.

–Destapa el whisky, Tom –le ordenó–, y te preparo un *julep* de menta. Entonces dejará de parecerte a ti mismo lo estúpido que eres... ¡mira la menta!

–Espera un minuto, deseo hacerle a Gatsby una pregunta más.

—Adelante— dijo Gatsby cortésmente.

—¿Qué clase de lío está usted tratando de armar en mi casa, eh?

Las cartas estaban sobre la mesa al fin, y Gatsby se sentía contento.

—Él no está armando ningún lío —Daisy miraba desesperada a uno y otro—. Tú eres quien lo está haciendo. ¡Por favor!, muestra un poco de autocontrol.

—¡Autocontrol! —repitió Tom incrédulo—. Supongo que la última moda es sentarse callado y dejar que un Don Nadie, oriundo de Ninguna Parte le haga el amor a tu esposa. Pues bien, si ésa es la idea, no cuenten conmigo... En estos tiempos la gente comienza desdeñando la vida conyugal y la institución del matrimonio y lo que sigue de ahí es que acaban echándolo todo por la borda y casándose blancos con negros.

Sofocado con una apasionada diatriba, se vio a sí mismo de pie, solo, sobre la última barrera de civilización.

—Aquí todos somos blancos —murmuró Jordan.

—Ya sé que no soy muy popular. No doy grandes fiestas. Supongo que uno debe volver la casa una pocilga para conseguir amigos... en el mundo moderno.

Enojado como estaba yo y como lo estábamos todos, me daban ganas de reír cada vez que él abría la boca, tan completa era su transición de inmoral a moralista.

—Tengo algo que decirle a usted, viejo amigo...—comenzó Gatsby—. Pero Daisy adivinó sus intenciones.

—¡No, por favor! —lo interrumpió impotente—. ¿Por qué más bien no nos vamos todos a casa?

—Es una buena idea —me levanté—. Ven Tom, nadie quiere un trago.

—Quiero saber qué es lo que el señor Gatsby tiene que decirme.

—Su esposa no lo ama —dijo Gatsby—; jamás lo ha hecho. A quien quiere es a mí.

–¡Debe usted estar loco! –exclamó Tom sin vacilación.

Gatsby se levantó, encendido de la emoción.

–Jamás lo amó, ¿me oye? –exclamó–. Sólo se casó con usted porque yo era pobre y estaba cansada de esperarme. Fue un error terrible, pero en el fondo de su corazón ¡nunca amó a nadie más que a mí!

En este punto, Jordan y yo tratamos de marcharnos, pero Tom y Gatsby insistieron con firmeza en que nos quedáramos, como si ninguno tuviera nada que esconder y para nosotros fuera un privilegio poder participar, si bien de modo vicario, de sus emociones.

–Siéntate, Daisy –Tom buscó sin éxito darle un tono paternal a su voz–. ¿Qué ha estado pasando aquí? Quiero saberlo todo.

–Ya le conté qué estaba sucediendo –dijo Gatsby–. Venía sucediendo durante cinco años, y usted sin darse cuenta.

Tom se volvió hacia Daisy con brusquedad.

–¿Has estado viéndote con este tipo durante cinco años?

–Viéndonos, no –dijo Gatsby–. No podíamos encontrarnos. Pero nos estuvimos amando todo este tiempo, viejo amigo, y usted no se daba cuenta. A ratos me daba risa –pero no había risa en sus ojos– saber que usted no se daba cuenta.

–Ah, eso es todo –Tom juntó sus gruesos dedos como si fuera un sacerdote y se recostó en la silla–. ¡Está usted loco! –explotó– Yo no puedo hablar de lo que sucedió hace cinco años porque no conocía a Daisy entonces, y que me maten si logro comprender cómo pudo arrimársele a menos de una milla, a no ser que fuera usted el mensajero de la tienda que le traía el mercado a la puerta trasera... Pero todo lo demás es una maldita mentira. Daisy me amaba cuando se casó conmigo y me ama ahora.

–No –dijo Gatsby, moviendo la cabeza.

–Ella me ama, para que lo sepa. El problema es que a veces se le meten ideas tontas en la cabeza y no sabe lo que hace– asintió con la cabeza haciendo un ademán de sabiduría–. Y lo que es más: yo también la amo. De vez en cuando me echo una canita al aire y meto la pata, pero siempre regreso, y en el fondo de mi corazón la he amado siempre.

–Me das asco –dijo Daisy. Se volvió hacia mí y su voz, una octava más baja, llenó la habitación de emotivo desdén–. ¿Sabes por qué nos vinimos de Chicago? Me extraña que no te hayan invitado a escuchar la historia de aquella canita.

Gatsby atravesó la habitación y se paró al lado de ella.

–Daisy, ya todo se acabó –dijo con seriedad–, ya no importa. Dile sólo la verdad, que nunca lo amaste, y con eso todo queda borrado.

Lo miró como sin verlo.

–Pues... ¿cómo podía yo amarlo... cómo podía?

–Jamás lo amaste.

Ella vaciló. Sus ojos cayeron sobre Jordan y sobre mí con una especie de súplica, como dándose cuenta al fin de lo que hacía, y como si nunca, durante todo este tiempo, hubiera tenido intenciones de hacer nada. Pero ya estaba hecho. Era demasiado tarde.

–Nunca lo amé –dijo, con visible reticencia.

–¿Ni en Kapiolani? –preguntó Tom de repente.

–No.

Desde el salón de baile de abajo los sofocados acordes subían, apagados, con las corrientes de aire caliente.

–¿Ni aquel día en que te cargué desde el Punch Bowl para que no se te mojaran los zapatos? –había una brusca ternura en su tono de voz.

–Por favor, no sigas –su voz era fría, pero todo rencor la había abandonado. Miró a Gatsby–. Oh, Jay –dijo, pero su mano temblaba al prender un cigarrillo. De pronto arrojó el cigarrillo y el fósforo prendido al tapete–. ¡Oh!, ¡tú pides demasiado! –le gritó a Gatsby–. Te amo ahora. ¿No es suficiente? No puedo evitar lo del pasado –comenzó a sollozar impotente–. Sí, lo amé una vez, pero a ti también te amé –los ojos de Gatsby se abrieron y se cerraron.

–¿Me amaste a mí *también?* –repitió.

–Hasta eso es una mentira –dijo Tom con furia–. Ni sabía que estabas vivo. Es que... hay cosas entre Daisy y yo que jamás vas a conocer, cosas que ninguno de los dos podremos olvidar jamás.

Las palabras parecieron horadar físicamente a Gatsby.

–Quiero hablar con Daisy a solas –insistió–. Ella está muy excitada ahora.

–Aun a solas no puedo decir que nunca haya amado a Tom –admitió con voz lastimera–. No sería cierto.

–Claro que no lo sería –asintió Tom.

Ella se volvió hacia su esposo.

–Como si te importara –dijo.

–Claro que me importa. De ahora en adelante voy a cuidarte mejor.

–Usted no entiende –dijo Gatsby, con un toque de pánico–. Ya no va a cuidarla más.

–Ah, ¿no? –Tom abrió sus ojos y rió. Ahora podía darse el lujo de controlarse–. ¿Y eso por qué?

–Daisy lo va a dejar a usted.

–¡Qué ridiculez!

–Sí– dijo ella, haciendo un esfuerzo visible.

–¡No me va a dejar! –las palabras de Tom cayeron de repente sobre Gatsby–. Y mucho menos por un vulgar estafador, que tendría que robarse la sortija que le pondría en el dedo.

–¡No aguanto más!– exclamó Daisy–. Oh, por favor, vámonos.

–Y, además, ¿quién es usted? –reventó Tom–. Uno de los secuaces de Meyer Wolfsheim; hasta ese punto sí lo sé. Hice una pequeña averiguación sobre sus asuntos y mañana voy a ahondar en ella.

–Puede hacer lo que le venga en gana, viejo amigo –dijo Gatsby sin miedo.

–Descubrí qué clase de "droguerías" tenía usted –se volvió hacia nosotros y habló de prisa–. Él y Meyer Wolfsheim compraron un gran número de droguerías de segunda en Chicago y vendían alcohol de grano en el mostrador. Ese es uno de sus truquitos. Sospeché que era un contrabandista de licores desde la primera vez que lo vi, y no estaba tan equivocado.

–¿Y eso qué? –dijo Gatsby cortésmente–. Supongo que su amigo Walter Chase no era demasiado orgulloso para meterse en eso.

–¡Y usted le soltó la mano!, ¿verdad? Lo dejó en la cárcel un mes en New Jersey. ¡Dios!, debería oír lo que Walter dice de usted.

–Llegó a nosotros desde la más absoluta ruina. Se puso muy contento de conseguirse unos dólares, viejo amigo.

–¡Deje de llamarme "viejo amigo"! –exclamó Tom.

Gatsby no contestó.

–Walter también podría haberlo denunciado a usted por violar las leyes de apuestas, pero Wolfsheim lo obligó a callarse la boca.

Aquella mirada desconocida pero reconocible volvió al rostro de Gatsby.

–Ese negocio de las droguerías era sólo para ganar unos centavos –continuó Tom con lentitud–; pero ahora está usted metido con algo que Walter teme contarme.

Observé a Daisy, que miraba aterrorizada a Gatsby y luego a su marido, y a Jordan, que había comenzado a poner en equilibrio el invisible pero absorbente objeto en la punta de su mentón. Entonces me volví hacia Gatsby, y me quedé pasmado con su expresión. Parecía, y esto lo digo con el desprecio absoluto que tengo por los chismes inusitados en su jardín, como si hubiese "asesinado a un hombre". Por un segundo el aspecto de su rostro podía ser descripto de esa manera fantástica.

Pero aquello sucedió y comenzó a hablarle a Daisy con gran excitación, negándolo todo, defendiendo su nombre contra acusaciones que no le habían hecho. Pero con cada palabra ella se retraía más y más en sí misma, por lo que él dejó de hablar, y sólo el sueño muerto siguió luchando en el transcurso de la tarde, tratando de tocar lo que no era tangible ya, luchando angustiado, sin desfallecer, por la voz perdida que se encontraba en el otro lado de la habitación.

La voz suplicó de nuevo que se marcharan.

—¡Por favor, Tom! No soporto esto más.

Los aterrados ojos de Daisy expresaban que cualquier intención, cualquier valor que hubiera tenido, la había abandonado para siempre.

—Ustedes dos váyanse a casa, Daisy —dijo Tom—. En el auto del señor Gatsby.

Ella miró a Tom con alarma, pero él insistió, con absoluto desdén.

—Sigue. Él no te va a molestar. Creo que se ha dado cuenta de que ese cortejo presuntuoso e insignificante se acabó.

Se marcharon sin decir una palabra, expulsados y convertidos en algo pasajero; aislados, como si fueran fantasmas, incluso de nuestra piedad.

Tras unos segundos Tom se levantó y comenzó a envolver en la toalla la botella de whisky que no había sido abierta.

—¿Ustedes quieren un poco? ¿Jordan? ¿Nick?

No contesté.

—¿Nick? —volvió a preguntar.

—¿Qué?

—¿Quieres?

—No... —yo acababa de recordar que hoy era mi cumpleaños.

Tenía treinta años. Ante mí se abría el camino repulsivo y amenazante de una nueva década. Eran las siete de la noche cuando con Tom subimos a la *coupé* y partimos hacia Long Island. Tom hablaba sin parar, entusiasmado y riendo, pero su voz se encontraba tan lejos de Jordan y de mí como el grito de alguien desde la vereda de enfrente o el tumulto de un puente levadizo. La compasión humana tiene sus límites y nosotros estábamos contentos de dejar que todas sus discusiones desaparecieran con las luces de la ciudad que dejábamos atrás. Treinta; la promesa de una década de soledad, la lista, cada vez más raleada, de hombres solteros por conocer, la maleta raleada de entusiasmo, el cabello también raleado. Pero a mi lado se encontraba Jordan, que a diferencia de Daisy, era demasiado inteligente para acarrear los sueños, ya olvidados, de una era a otra. Al pasar sobre el puente oscuro su rostro pálido cayó sin fuerza sobre el hombro de mi chaqueta y el formidable golpe de los treinta murió con la tranquilizadora presión de su mano.

Entonces seguimos adelante en nuestro viaje hacia la muerte, a través de un atardecer cada vez más fresco.

El joven griego, Michaelis, dueño de la cafetería que está cerca a los morros de ceniza, fue el principal testigo en la indagatoria. Se había quedado dormido durante las horas de calor, hasta las cinco, cuando caminó hacia el taller y encontró a George Wilson enfermo en la oficina; en realidad estaba muy enfermo, tan pálido como su cabello, y con un temblor en todo el cuerpo. Michaelis le aconsejó que se acostara, pero Wilson se negó diciendo que podría perder clientes si lo hacía. Mientras el vecino trataba de persuadirlo se desató un alboroto tremendo arriba.

—Tengo a mi mujer encerrada —explicó Wilson con calma—. Se quedará hasta pasado mañana y luego nos vamos a ir de aquí.

Michaelis se quedó asombrado; habían sido vecinos durante cuatro años, y Wilson jamás había parecido ni remotamente capaz de decir algo así. Casi todo el tiempo daba la impresión de ser un hombre agotado: cuando no estaba trabajando, se sentaba en una silla a la entrada a mirar a la gente y los autos que pasaban por la carretera. Cuando alguien le hablaba, reía con amabilidad pero sin gracia. Era un hombre dependiente de su esposa y no su propio dueño.

Entonces Michaelis, como es natural, trató de descubrir qué había acontecido, pero Wilson no soltaba prenda; en lugar de responder, comenzó a echarle miradas curiosas y llenas de recelo y a preguntarle qué había estado haciendo ciertos días a ciertas horas. En el momento en que éste último comenzaba a sentirse incómodo, un grupo de trabajadores pasó por la puerta rumbo a su restaurante y Michaelis aprovechó la oportunidad para marcharse, con intenciones de regresar más tarde. Pero no lo hizo. Él cree que se le olvidó, eso es todo. Cuando salió de nuevo, pasadas las siete, se acordó de la conversación al escuchar la voz de la señora Wilson, fuerte y con tono de estar enojada, abajo en el taller.

–¡Pégame! –oyó que gritaba–. ¡Tírame al suelo y pégame! ¡Asqueroso!, ¡cobarde!, ¡insignificante!

Un segundo más tarde salió corriendo en la oscuridad, agitando las manos y gritando, y antes que el hombre pudiera moverse de la puerta el asunto había terminado.

El "auto de la muerte", como los periodistas lo llamaron, no se detuvo; salió de la atenazadora penumbra, hizo un breve y trágico zig–zag y desapareció en la siguiente curva. Michaelis ni siquiera estaba seguro del color; al primer policía le dijo que era verde claro. El otro auto, el que se dirigía a Nueva York, se detuvo cien yardas más adelante y su chofer se apresuró a ir al lugar donde Myrtle Wilson, su vida apagada con violencia, gateaba en el camino, la espesa sangre oscura mezclada con el polvo.

Michaelis y aquel hombre fueron los primeros en llegar, pero cuando le rasgaron el vestido, todavía empapado de sudor, vieron que su pecho izquierdo colgaba suelto como una aleta, y que no había necesidad de auscultarle el corazón. Tenía la boca bien abierta y rasgada por las comisuras, como si se hubiera ahogado un poco al renunciar a la tremenda vitalidad que había almacenado por tanto tiempo.

Cuando estábamos a alguna distancia todavía, vimos tres o cuatro automóviles y una muchedumbre.

—¡Un choque! —dijo Tom—. Qué bien. Así Wilson tendrá algo que hacer al fin.

Disminuyó la velocidad, pero sin intención de detenerse, hasta que, al acercarnos, los rostros demudados y atentos de la gente que estaba en el taller lo llevaron a frenar automáticamente.

—Echemos una miradita —dijo vacilando—. Sólo un vistazo.

Me di cuenta entonces de que del taller salía sin interrupciones un gemido hueco, que, a medida que salíamos de la *coupé* y caminábamos hacia la puerta, se convirtió en las palabras: "¡Oh, Dios mío!", pronunciadas una y otra vez en una queja entrecortada.

—Algo muy grave pasó aquí —dijo Tom asustado.

Se empinó y miró por sobre el círculo de cabezas hacia el taller alumbrado sólo por una luz amarilla que colgaba del techo, y se mecía en una canasta. Entonces dejó escapar de la garganta un gruñido ronco, y empujando a la gente con sus fuertes brazos, logró abrirse paso. El círculo se volvió a cerrar con un murmullo general de protesta; pasó un minuto antes de que yo pudiera ver algo. Luego, unos recién llegados desbarataron el círculo otra vez y de repente Jordan y yo fuimos empujados hacia adentro.

El cuerpo de Myrtle Wilson, envuelto en una sábana y luego en otra, como si sintiera escalofríos en esa noche calurosa, yacía sobre una mesa de trabajo que estaba junto al muro, y Tom, inmóvil y dándonos la espalda, se inclinaba sobre él. A su lado había un policía en moto, anotando nombres en una libreta, transpirado y con gran reserva. Al principio no pude encontrar el origen de las palabras agudas y quejumbrosas que sonaban como el eco de un grito en el taller vacío; pero luego vi a Wilson de pie sobre el dintel elevado de su oficina, meciéndose hacia atrás y hacia adelante, pegado del quicio con ambas manos. Un hombre le hablaba en voz baja, tratando de vez en cuando de ponerle el brazo en los hombros, pero Wilson no veía ni entendía. Sus ojos bajaban lentos desde la lámpara colgante hasta la sobrecargada mesa junto a la pared, para volver a subir con brusquedad hacia la luz, siempre repitiendo su espantoso grito:

–¡Oh, Dios mío! ¡Oh, Dios mío! ¡Oh, Dios mío! ¡Oh, Dios mío!

Después de un rato y en forma repentina, Tom levantó la cabeza y, después de pasar una mirada vacía por el taller, le dirigió una observación incoherente y confusa al policía.

–M-a-v –decía el policía–, o...

–No, erre... –corregía el hombre–, M-a-v-r-o.

–¡Escúcheme! –masculló Tom con rabia.

–Erre –dijo el policía–, o...

–Ge...

–Ge... –miró a Tom en el momento en que su pesada mano le cayó sobre el hombro.

–¿Qué quiere, hombre?

–¿Qué pasó?, eso es lo único que quiero saber.

–Un auto la golpeó. La mató ahí mismo.

–La mató ahí mismo –repitió Tom, con la mirada fija.

–Ella echó a correr por la carretera. El malnacido ni siquiera detuvo el auto.

–Había dos autos –dijo Michaelis–; uno que iba, otro que venía, ¿ve?

–¿A dónde iba? –preguntó el policía con perspicacia.

–Cada uno por su vía. Entonces ella... –alzó la mano hacia las sábanas, pero se contuvo en mitad del camino y la dejó caer al lado–... ella salió corriendo de aquí y el que venía de Nueva York le dio duro, iba a treinta o cuarenta millas por hora.

—¿Cómo se llama este lugar? —preguntó el agente.

—No tiene nombre.

Un negro, pálido y bien vestido, se acercó.

—Era un auto amarillo —dijo—, un auto amarillo, grande. Era nuevo.

—¿Usted presenció el accidente? —preguntó el policía.

—No, pero el auto me superó en la carretera, iba a más de cuarenta; a cincuenta o sesenta.

—Venga y dígame su nombre. Cuidado ahora. Quiero su nombre.

Algunas palabras de esta conversación debieron de haberle llegado a Wilson, que se balanceaba en el quicio de la puerta de su oficina, porque de un momento a otro un nuevo tema encontró salida entre sus ahogados gritos:

—¡No me tienen que decir qué auto era! ¡Yo sé qué clase de auto era!

Al mirar a Tom, vi la masa muscular en su espalda contraerse bajo el saco. Caminó de prisa hacia Wilson y, de pie al frente suyo, lo alzó con firmeza por los antebrazos.

—Tienes que controlarte —le dijo con brusquedad, para calmarlo.

Los ojos de Wilson cayeron sobre él; comenzó a empinarse, y de no haber sido por Tom se hubiera ido de bruces.

—Escucha —dijo Tom, zarandeándolo un poco—. Acabo de llegar desde Nueva York. Venía a traerte aquel *coupé* de que hablamos. Aquel auto amarillo que yo manejaba esta tarde no era mío, ¿me oyes? No lo he visto en toda la tarde.

Sólo el negro y yo estábamos a la distancia suficiente para oír lo que decía, pero el agente captó algo en el tono y se volvió a mirar con ojos maliciosos.

—¿Qué es todo eso? —preguntó.

—Soy amigo suyo —Tom volvió la cabeza, pero mantuvo a Wilson firmemente asido—. Él dice que sabe cuál auto fue... Un auto amarillo.

Un fugaz impulso llevó al policía a mirar a Tom con recelo.

—¿Y de qué color es su auto?

—Azul. Es una *coupé*.

—Acabamos de llegar de Nueva York —dije.

Alguien que había andado un poco detrás de nosotros lo confirmó, y el policía se dio la vuelta.

—Ahora, si me lo permiten, anotaré bien ese nombre.

Agarrando a Wilson como si fuera un juguete, Tom se lo llevó a la oficina, lo sentó en un taburete y regresó.

—Alguien haga el favor de ir allá y sentarse con él —ordenó autoritario. Observé que los dos hombres que estaban más cerca se miraron y entraron a regañadientes a la habitación. Entonces les cerró la puerta y bajó de un solo paso, evitando mirar la mesa. Al pasar junto a mí me susurró:

—Vámonos.

Consciente de lo que hacía, abriéndose paso con sus brazos, empujamos a la multitud que seguía formándose, y pasamos junto a un médico que venía de prisa, maletín en mano, a quien habían llamado media hora antes con esperanzas absurdas.

Tom manejó con lentitud hasta que doblamos la curva; entonces apoyó el pie con fuerza en el acelerador y el cupé salió despedido y se adentró en la noche. Un rato más tarde escuché un sollozo ronco y quedo, y vi que tenía el rostro bañado en lágrimas.

—¡Ese maldito cobarde! —gimió—. No fue capaz ni de detener el auto.

La casa de los Buchanan apareció de repente a través del rumor de los árboles oscuros. Tom se detuvo junto al pórtico y miró al segundo piso, donde dos ventanas luminosas parecían flores entre la hiedra.

—Daisy está en casa —dijo. Al salir del auto me miró y frunció un poco el ceño.

—Debí haberte dejado en West Egg, Nick. No hay nada que podamos hacer esta noche —había sufrido un cambio, y hablaba con seriedad y decisión. Mientras caminábamos por los guijarros hacia el pórtico a la luz de la luna, resolvió la situación con unas cuantas frases contundentes.

—Voy a llamar un taxi para que te recoja y te lleve a casa, y mientras esperas, lo mejor es que Jordan y tú vayan a la cocina a comer algo, si quieren —abrió la puerta—. Sigan.

—No, gracias. Sí te agradecería que me consiguieras un taxi. Esperaré fuera.

Jordan me puso la mano sobre el brazo.

—¿No quieres entrar, Nick?

—Gracias, pero no.

Sentía náuseas y deseaba estar solo. Jordan se quedó un momento más.

—Son tan sólo las nueve y media —dijo.

Por nada del mundo pensaba entrar. Ya había tenido bastante de ellos para un sólo día y, de repente, Jordan también estaba incluida. Ella debió haber notado algo en mi expresión, porque me dio la espalda de forma abrupta y subió las escalinatas del pórtico para entrar a la casa.

Yo me senté unos minutos con la cabeza entre las manos hasta que oí que adentro tomaban el teléfono y escuché la voz del mayordomo que llamaba un taxi. Entonces me fui caminando, sin apuro, por el sendero, alejándome de la casa, con la intención de esperar el taxi ante el portón de entrada.

No había recorrido veinte yardas cuando oí que me llamaban y, de entre dos arbustos, Gatsby saltó al camino. Yo me debía estar sintiendo demasiado extraño en aquel momento, porque no recuerdo haber pensado más que en el brillo de su traje color rosa bajo la luz de la luna.

—¿Qué estás haciendo? —pregunté.

—Nada más estoy parado aquí, viejo amigo.

Por algún motivo parecía que iba a hacer algo malo. A juzgar por lo que yo sabía, bien podía estar a punto de meterse a la casa a robar; no me hubiera sorprendido ver rostros siniestros, los de la "gente de Wolfsheim", tras él, en el matorral oscuro.

—¿Viste algún problema en el camino? —me preguntó enseguida.

—Sí.

Dudó.

—¿Está muerta?

—Sí.

—Eso pensé. Le dije a Daisy que así lo creía. Era mejor que el golpe le cayera de una vez. Lo soportó bastante bien.

Hablaba como si la reacción de Daisy fuera lo único que importara.

—Llegué a West Egg por un camino secundario —continuó—, y dejé el auto en mi garaje. Creo que nadie nos ha visto, pero, obviamente, no puedo estar seguro.

Para entonces me disgustaba tanto que no me pareció necesario decirle que se equivocaba.

—¿Quién era la mujer? —preguntó.

—Su apellido era Wilson. Su esposo es el dueño del taller. ¿Cómo diablos sucedió?

—Bueno, yo traté de doblar el volante...—se quedó callado y, de pronto, me di cuenta de la verdad.

—¿Manejaba Daisy?

—Sí —dijo en seguida—. Voy a decir que era yo, por supuesto. Mira: Cuando salimos de Nueva York ella estaba muy nerviosa y pensó que se calmaría si manejaba... y esa mujer salió corriendo en el momento preciso en que pasaba un auto por la otra vía. Aunque sucedió en un segundo me pareció que ella quería hablarnos, que creyó que éramos conocidos suyos. Bueno. Al principio Daisy pudo esquivar a la mujer dando un volantazo hacia el otro auto, pero después perdió el control y volvió a girar. Sentí el golpe en el momento en que mi mano llegó al volante. Debió haberla matado en forma instantánea.

—La partió en dos.

—No me lo digas, viejo amigo —dijo impresionado—. Al fin y al cabo Daisy le pasó por encima. Traté de que se detuviera, pero no pudo, y entonces halé del freno de emergencia. En ese momento se derrumbó sobre mis piernas y yo seguí manejando.

—Mañana va a estar bien —dijo enseguida—. Lo único que voy a hacer es esperar aquí para ver si él trata de molestarla otra vez con las cosas desagradables de esta tarde. Ella se encerró en su habitación y si él se porta como un imbécil va a apagar la luz y a encenderla de nuevo.

—No la va a tocar —dije yo—. No está pensando en ella.

—No confío en él, viejo amigo.

—¿Cuánto tiempo vas a esperar?

—Toda la noche, si es necesario. Por lo menos hasta que se acuesten.

Tuve la idea de una nueva posibilidad. Suponiendo que Tom descubriera que Daisy era quien estaba manejando, podría pensar que había algo significativo en esto. Podría pensar cualquier cosa. Miré hacia la casa; se veían dos o tres ventanas iluminadas abajo, y el brillo color rosa de la habitación de Daisy en el segundo piso.

—Tú espera aquí —dije—. Voy a ver si hay alguna señal de peligro.

Volví por el límite del prado, atravesé el empedrado sin hacer ruido y caminé en puntas de pie hasta las escaleras de la terraza. Las cortinas de la sala estaban semi abiertas y vi que la habitación se encontraba vacía. Crucé el balcón donde habíamos cenado aquella noche de junio hacia ya tres meses y llegué a un pequeño rectángulo de luz que, adiviné, debía ser la ventana de la despensa. La persiana estaba baja, pero encontré una rendija en el alféizar.

Daisy y Tom se encontraban sentados uno frente al otro, en la mesa de la cocina; entre ellos había un plato de pollo frito frío y dos botellas de cerveza. Él le hablaba muy concentrado, y en su seriedad había dejado caer su mano sobre la de ella. Daisy lo miraba de vez en cuando y asentía con una inclinación de cabeza. Aunque no se los veía contentos, y ninguno de los dos había tocado la cerveza o el pollo, tampoco parecían infelices. El cuadro mostraba la atmósfera inconfundible de una intimidad natural y cualquiera hubiera pensado que estaban conspirando.

Cuando me alejaba de la entrada en puntas de pies, escuché que el taxi avanzaba sobre la senda oscura que llevaba a la casa. Gatsby seguía en el punto donde yo lo había dejado, sobre la explanada.

—¿Todo está bien por allá?— preguntó angustiado.

—Todo en calma —vacilé—. Es mejor que vayas a tu casa y te acuestes.

Indicó que no haciendo un gesto.

—Quiero esperar a que Daisy se vaya a la cama. Buenas noches, viejo amigo.

Se metió las manos a los bolsillos del saco y dio la vuelta con ansiedad para seguir con su vigilancia, como si mi presencia hubiera mancillado la santidad de su tarea. Entonces me alejé y lo dejé solo a la luz de la luna, vigilando nada.

VIII

No pude pegar un ojo en toda la noche. Una sirena de niebla lloró sin cesar en el estuario, y yo me revolcaba, sintiéndome enfermo, entre la grotesca realidad y el terror de las pesadillas. Hacia la madrugada oí un taxi que subía por el camino de Gatsby, y enseguida salté de la cama y comencé a vestirme; sentía que tenía que decirle algo, que debía prevenirlo, y que si esperaba hasta la madrugada sería demasiado tarde.

Al atravesar el jardín vi que su puerta delantera aún estaba abierta y que él se hallaba recostado en el vestíbulo, sobre una mesa, abatido por el sueño o por la desesperanza.

–No pasó nada –dijo decaído–. Me quedé esperando y cerca de las cuatro de la mañana ella salió a la ventana, se quedó allí de pie un minuto y después apagó la luz.

Jamás había creído tan enorme su caserón como aquella noche, cuando salimos a buscar cigarrillos por los enormes cuartos. Descorrimos cortinas que parecían pabellones, y tanteamos innumerables pies de pared oscura buscando los interruptores de la luz eléctrica; una vez me resbalé y produje un ruido estridente sobre las teclas de un piano fantasmagórico. Había una inexplicable cantidad de polvo en todas partes y los cuartos olían a humedad, como si no hubiesen sido aireados durante muchos días. Encontré el humidificador en una mesa que nunca antes había visto, con dos cigarrillos secos y viejos. Tras abrir los ventanales de la sala nos sentamos a fumar en la oscuridad.

–Tienes que irte de aquí –dije–. Estoy completamente seguro de que van a dar con tu auto.

–¿Irme ahora, viejo amigo?

–Vete a Atlantic City por una semana o sube hasta Montreal.

Ni siquiera lo quiso considerar. No podía dejar a Daisy hasta que supiera qué iba a hacer ella. Se estaba aferrando a una última esperanza y yo no podía soportar liberarlo.

Aquella noche me contó la extraña historia de su juventud con Dan Cody; me la contó porque "Jay Gatsby", al igual que el cristal, se había quebrado contra la dura maldad de Tom; la larga y secreta extravagancia había sido ejecutada en público. Creo que en ese momento él habría reconocido cualquier cosa, sin reservas, pero quería hablar de Daisy.

Ella había sido la primera "niña bien" que había conocido. Por motivos que no me reveló había llegado a entrar en contacto con personas de su clase, pero siempre con un indiscernible alambre de puras en medio. Él la encontraba deseable y excitante. Al principio iba a su casa con otros oficiales de Camp Taylor; después iba solo. Estaba maravillado; nunca antes había conocido una casa tan hermosa. Pero lo que le proporcionaba aquella atmósfera de inefable intensidad era que Daisy vivía allí; para ella era algo tan normal como para él su carpa del campamento. Había un misterio maduro en la casa, la insinuación de alcobas en el piso de arriba, más hermosas y frescas que las demás, de actividades alegres y radiantes en sus corredores, de romances que no eran mustios y que no estaban guardados en naftalina, sino frescos y vivos y con olor a brillantes autos último modelo y a bailes cuyas flores no estaban marchitas aún. También lo excitaba saber que muchos hombres la habían amado; ello aumentaba su valor a ojos de Gatsby. Sentía la presencia de Daisy por toda la casa, penetrando el aire con sombras y ecos de emociones vibrantes.

Pero sabía que estaba en casa de Daisy por un colosal accidente. Aunque su futuro como Jay Gatsby pudiera llegar a ser grandioso, en el presente era un joven sin cinco centavos, sin pasado y sometido a que en cualquier movimiento la invisible capa de su uniforme cayera de sus hombros. Por eso le sacó el mayor partido posible al tiempo con el que contaba. Tomó lo que pudo, ávido y sin escrúpulos.

Y por fin, en una noche tranquila de octubre, también tomó a Daisy; la tomó porque no tenía verdadero derecho a tocar su mano.

Podía haberse despreciado a sí mismo, porque en realidad la había tomado bajo pretensiones falsas. No pretendo decir que mintió hablándole de millones imaginarios, pero le había dado a Daisy, adrede, un sentido de seguridad; la había dejado creer que provenía de un estrato social semejante al suyo, que era muy capaz de sostenerla. De hecho, esto no era así; no tenía una familia acomodada que lo respaldara, y era posible que, al capricho de un gobierno impersonal, reventara en cualquier parte del mundo.

Pero no se despreciaba a sí mismo, y las cosas no resultaron como había imaginado. Es probable que hubiera tenido la intención de tomar lo que podía e irse; pero encontró de pronto que se había comprometido en la búsqueda de un grial. Sabía que Daisy era extraordinaria, pero no se había dado cuenta con exactitud de cuán extraordinaria podía ser una "niña bien". Ella desaparecía en su casa opulenta, en su vida opulenta y plena, dejando a Gatsby con las manos vacías. Él se sentía casado con ella, eso era todo.

Cuando se encontraron de nuevo, dos días después, era Gatsby quien estaba sin aliento, quien se sentía, de alguna manera, traicionado. El pórtico de la casa de Daisy brillaba con el esplendor comprado del brillo de las estrellas; el mimbre de la silla hacía chasquidos muy a la moda mientras se volvía hacia él y la besaba en la boca curiosa y fascinante. Tenía un resfriado y esto le ponía la voz más ronca y más embrujadora que nunca, y Gatsby quedó totalmente anonadado al darse cuenta de la juventud y el misterio aprisionados entre el dinero y preservados en él, y de la frescura de un nutrido guardarropas, y de Daisy, resplandeciente como la plata, a salvo y orgullosa, por encima de las feroces luchas de los pobres.

—No soy capaz de describirte cuán sorprendido quedé cuando me di cuenta de que la amaba, viejo amigo. Durante un tiempo incluso tuve esperanzas de que ella me echara, pero no lo hizo; y es que también estaba enamorada de mí. Me creía muy sabio porque sabía algunas cosas diferentes de las que ella conocía... Ahí estaba yo, alejándome de mis ambiciones, enamorándome cada día más, y, de pronto, no me importó. ¿De qué servía hacer cosas grandes si yo podía divertirme más contándole a ella lo que iba hacer?

La última tarde antes de su marcha al exterior, se sentó con Daisy en los brazos, un rato largo y silencioso. Era un frío día otoñal; había fuego en el cuarto y las mejillas de Daisy estaban encendidas. A ratos, ella se movía y él cambiaba su brazo de posición un poco, y una vez besó su cabello oscuro y sedoso. La tarde los había apaciguado por un momento, como para darles un profundo recuerdo para la larga partida que prometía el día siguiente. Jamás habían estado tan cerca durante el mes que llevaban amándose, ni se habían comunicado con mayor profundidad el uno con el otro que cuando ella rozó sus labios silenciosos contra la hombrera de su abrigo o cuando él toco la punta de sus dedos con suavidad, como si estuviera dormida.

Le fue extraordinariamente bien en la guerra. Lo hicieron capitán antes de ir al frente y tras la batalla de Argona logró que lo ascendieran a mayor y lo pusieran al frente de la división de ametralladoras. Después del Armisticio intentó con desesperación volver a casa, pero por algún imprevisto o malentendido lo enviaron a Oxford en su lugar. Estaba preocupado; había un toque de desesperanza nerviosa en las cartas de Daisy. No podía entender por qué no regresaba. Estaba sintiendo la presión del mundo exterior; quería verlo, sentir su presencia junto a ella y convencerse de que a pesar de todo estaba haciendo lo correcto. Daisy era joven; su mundo artificial estaba cargado de orquídeas y de modas bonitas y alegres y de orquestas que imponían el ritmo del año, resumiendo la tristeza y la inspiración de la vida en nuevas tonadas. La noche entera los saxofones lloraban el desesperanzado comentario de *Beale Street Blues*, mientras cien pares de zapatillas doradas y plateadas revolvían el reluciente polvillo. A la hora gris del té siempre había cuartos que palpitaban sin cesar con esta fiebre baja y dulce, al tiempo que pasaban por doquier rostros frescos, cual pétalos de rosa, impulsados por todo el piso por las tristes trompetas.

Por entre este universo crepuscular Daisy comenzó a moverse otra vez en la temporada; súbitamente tenía de nuevo media docena de invitaciones al día con media docena de jóvenes, y se acostaba en la madrugada con las perlas y el chifón de un vestido de noche, enredados entre las orquídeas marchitas en el piso junto a su cama. Y todo el tiempo algo dentro de ella clamaba por una decisión. Quería que su vida quedara definida ahora, ya mismo; y la decisión debía tomarse por medio de alguna fuerza; la del amor, la del dinero, la de algo de incuestionable conveniencia, algo que estuviera a mano. Aquella fuerza se fue perfilando a mediados de la primavera con la llegada de Tom Buchanan. Tom era dueño de una presencia robusta, tanto en su persona como en su posición, y Daisy se sintió halagada. Sin duda debió pasar por una cierta batalla y un cierto alivio. Gatsby recibió la carta mientras todavía estaba en Oxford.

Estaba va a punto de amanecer en Long Island; nos ocupamos en abrir el resto de las ventanas de abajo, llenando la casa de una luz que se tornó gris y luego dorada. La sombra de un árbol cayó abrupta a lo largo del rocío y los pájaros, como fantasmas, comenzaron a cantar entre las hojas azules. Había un movimiento lento y agradable en el aire, una brisa apenas, promesa de un día fresco y bonito.

—Yo no creo que ella lo hubiera amado nunca —Gatsby se dio la vuelta desde una ventana y me miró retador—. Tienes que recordar, viejo amigo, que estaba muy excitada aquella tarde. La manera como él le contó aquellas cosas la asustó, y me hizo parecer un contrabandista barato. El resultado fue que ella no sabía bien lo que decía—. Se sentó, deprimido—. Es posible que lo hubiese amado por un corto tiempo, cuando estaban recién casados; y que a mí me amara aun más. ¿Ves?

De pronto hizo una curiosa anotación.

—En cualquier caso —dijo— era sólo personal.

¿Qué se podía deducir de aquello, excepto sospechar una inconmensurable intensidad en su concepción del asunto?

Gatsby regresó de Francia cuando Tom y Daisy estaban en plena luna de miel. No fue capaz de resistirse y realizó un deprimente viaje a Louisville con la última paga del ejército. Se quedó una semana, caminando por las calles donde sus pasos habían tintineado juntos a lo largo de aquella noche de noviembre, visitando otra vez los lugares fuera del camino adonde habían ido en el auto deportivo blanco de ella. Así como la casa de Daisy siempre le había parecido más misteriosa y alegre que las demás, su idea de la ciudad misma, aunque ella ya se hubiera ido de allí, estaba invadida de una belleza melancólica.

Se marchó, sintiendo que si hubiera seguido buscando podría haberla encontrado; que la estaba dejando atrás. En el vagón de segunda clase —no tenía un centavo— ahora hacía calor. Salió al corredor abierto y se sentó en una silla plegable; la estación se alejó y las partes traseras de edificios desconocidos pasaron veloces. Entonces salieron a los campos primaverales, donde por un minuto los persiguió un tranvía amarillo repleto de personas que podrían alguna vez haber visto la pálida magia del rostro de Daisy caminando por una calle cualquiera.

Las vías formaron una curva y se alejaron del sol, que al hundirse pareció difundir una bendición sobre la ciudad que desaparecía, la ciudad donde ella había aprendido a respirar. Estiró la mano con desesperación, como para que por lo menos agarrara una corriente de aire, para salvar un fragmento del lugar que ella había hecho encantador para él. Pero ahora todo se movía con demasiada rapidez para sus ojos empañados y supo que había perdido una parte de Daisy, la más fresca y la mejor, para siempre.

Eran las nueve de la mañana cuando terminamos de desayunar y salimos al pórtico. La noche había traído una aguda diferencia en el clima y ahora el aire tenía un sabor otoñal. El jardinero, el último de los primeros sirvientes de Gatsby, se acercó a la base de las escalinatas.

–Voy a vaciar la piscina hoy, señor Gatsby; las hojas van a empezar a caer muy pronto, y siempre tenemos problemas con la tubería.

–No lo hagas hoy –contestó Gatsby. Se volvió hacia mí como pidiendo perdón.– ¿Tú sabes, viejo amigo, que en todo el verano jamás usé la piscina?

Miré el reloj y me levanté.

–Doce minutos para mi tren.

No quería ir a la ciudad. No sería capaz de hacer ningún trabajo bien hecho, pero era más que eso; no quería dejar a Gatsby. Perdí aquel tren, y luego otro, antes de que lograra obligarme a mí mismo a ir.

–Te llamo –dije al fin.

–Hazlo, por favor, viejo amigo.

–Te llamo más o menos a mediodía.

Bajamos lentamente las escaleras.

–Supongo que Daisy también llamará –me miró con ansiedad, como si tuviera la esperanza de que yo corroboraría sus palabras.

–Eso supongo.

–Bien, adiós.

Nos dimos la mano y comencé a alejarme. Pero justo antes de llegar a la cerca recordé algo y me di la vuelta.

–Son gente podrida –le grité a través del prado–. Tú vales más que todo ese maldito grupo junto.

Siempre me he alegrado de haber dicho esto. Fue el único cumplido que le hice en todo el tiempo, porque nunca llegué a aceptarlo a él, desde el principio hasta el final. Primero asintió con cortesía, y luego su rostro se abrió en aquella sonrisa suya, radiante y comprensiva, como si hubiéramos estado en un extático acuerdo sobre aquel hecho todo el tiempo. Su fabuloso traje color rosa, bastante arrugado, formaba una mancha de luz contra las escalinatas blancas, y pensé en la noche que vine por vez primera a su hogar ancestral, tres meses antes. El prado y el camino estaban atestados de rostros de aquellos que imaginaban su corrupción; y él había estado de pie en aquellas escalinatas escondiendo su sueño incorruptible, cuando le decíamos adiós con la mano.

Le agradecí la hospitalidad. Siempre se la estábamos agradeciendo; yo y los demás.

–Adiós –le grité–. Estuvo muy sabroso el desayuno, Gatsby.

Ya en la ciudad traté durante un rato de hacer la lista de las cotizaciones de una interminable serie de valores, y después me quedé dormido en la silla giratoria. Poco antes del mediodía me despertó el teléfono, y me sobresalté con sudor en la frente. Era Jordan Baker; a menudo me llamaba a esta hora a causa de lo incierto de sus movimientos entre hoteles, clubes y casas de amigos, que hacía difícil encontrarla de otra manera. Por regla general, su voz me llegaba a través de la línea como algo fresco y frío, como un fragmento de césped de un campo de golf, que viniera volando y entrara por la ventana de la oficina; pero esta mañana parecía dura y seca.

–Acabo de marcharme de la casa de Daisy –dijo–. Estoy en Hampstead y me voy para Southampton esta tarde.

Probablemente había sido muestra de tacto irse de la casa de Daisy, pero el hecho me molestó, y su comentario siguiente me puso rígido.

–No estuviste muy amable conmigo anoche.

–¿Qué importancia podía tener?

Silencio por un momento. Entonces:

–Sin embargo, quiero verte.

–Yo también te quiero ver.

—¿Sería preferible entonces que no me fuera para Southampton y más bien ir a la ciudad esta tarde?

—No, esta tarde no.

—Muy bien.

—Es imposible esta tarde. Vamos...

Hablamos de esta manera un rato, y de pronto, abruptamente, ya no estábamos hablando. Yo no sé quién le tiró el teléfono a quién, pero sí sé que no me importaba. No habría sido capaz de conversar con ella sentados a una mesa de té aquel día aunque nunca pudiera volverle a hablar en la vida.

Llamé a la casa de Gatsby unos minutos después pero la línea estaba ocupada. Intenté cuatro veces hasta que la operadora, exasperada, me dijo que tenían abierta la línea para una llamada de larga distancia desde Detroit. Saqué la guía y marqué un pequeño círculo alrededor del tren de las 3:50. Entonces me recosté en la silla y traté de pensar. Eran sólo las doce del día.

Aquella mañana, cuando el tren iba a pasar junto a los morros de ceniza, me había acomodado a propósito al otro lado del vagón. Suponía que habría una multitud curiosa reunida todo el día, con los niños buscando las manchas oscuras en el polvo, y algún charlatán contando una y otra vez lo que había sucedido, hasta que cada vez le fuera menos real y no pudiera seguirlo contando, y la trágica proeza de Myrtle cayera en el olvido.

Me gustaría ahora regresar atrás y contar qué sucedió en el taller luego de que nosotros nos marcháramos de allí la noche antes.

Tuvieron dificultad en localizar a su hermana Catherine. Aquella noche ella debió haber quebrado su regla contra el alcohol, pues cuando llegó estaba embobada por el licor y era incapaz de entender que la ambulancia había partido hacia Flushing. Apenas lograron hacerla entender se desmayó, como si aquella fuera la parte intolerable de todo el asunto. Alguien, por nobleza o curiosidad, la llevó en su auto, a la estela del cuerpo de su hermana.

Hasta mucho después de la medianoche una muchedumbre cambiante se agolpó frente al taller, mientras George Wilson se mecía hacia atrás y hacia adelante en el diván. Al principio, la puerta de la oficina se mantuvo abierta, y todo el que llegaba al taller era incapaz de no asomarse. Al final Michaelis dijo que esto era una vergüenza y cerró la puerta. Michaelis y otros hombres estaban con él; primero fueron cuatro o cinco, después dos o tres. Más tarde, Michaelis tuvo que pedirle al último extraño que esperara quince minutos más mientras él regresaba a su restaurante para hacer una olla de café. Después de esto se quedó solo con Wilson hasta el amanecer. Más o menos a las tres de la mañana la calidad de los murmullos incoherentes de Wilson cambió; se calmó y comenzó a hablar sobre el auto amarillo. Anunció que podía averiguar a quién pertenecía, y después salió con la idea de que hacía unos meses su esposa había llegado de la ciudad con la cara golpeada y la nariz hinchada.

Pero cuando se oyó a sí mismo decir esto, se replegó y comenzó a gritar: "¡Oh, Dios mío!" de nuevo, con una voz quejumbrosa. Michaelis hizo un torpe intento de distraerlo.

—¿Hace cuánto te casaste, George? Ven, intenta quedarte quieto un minuto y contesta mi pregunta. ¿Hace cuánto te casaste?

—Doce años.

—¿No tuviste hijos? Ven, George, siéntate tranquilo. Te hice una pregunta. ¿No tuviste hijos?

Los cimarrones, duros y negros, seguían dándose contra la luz suave y cada vez que Michaelis oía pasar un auto corriendo por el camino, le sonaba como el auto que no se había detenido unas horas antes. No le gustaba entrar al taller porque la mesa de trabajo había quedado manchada en el lugar donde habían puesto el cadáver, y entonces se movía incómodo por toda la oficina. Antes de que amaneciera se había aprendido cada objeto de los que estaban allí y de vez en cuando se sentaba junto a Wilson, tratando de sosegarlo.

—¿Hay algún templo a donde vayas alguna vez, George? ¿Aunque lleves mucho tiempo sin haber ido? Quizás yo pueda llamar a la iglesia y hacer que un sacerdote venga y hable contigo, ¿sí?

—No pertenezco a ninguna.

—Debes tener una iglesia, George, para tiempos como éste. Debiste haber ido alguna vez a la iglesia. ¿No te casaste en una? Escucha, George, escúchame ¿No te casaste en una iglesia?

—Eso fue hace mucho tiempo.

El esfuerzo por contestar rompió el ritmo con que se mecía; por un momento se quedó callado. Entonces, la misma mirada medio conocedora y medio desconcertada regresó a sus ojos apagados.

—Mira en ese cajón —dijo—, señalando al escritorio.

—¿En cuál cajón?

—En ese cajón, ése.

Michaelis abrió el cajón que tenía más cerca a la mano. No había en él nada más que una correa para perros, pequeña y costosa, hecha de cuero y plata trenzada. Parecía nueva.

—¿Esto? —inquirió, sosteniéndola

Wilson miró y asintió.

—Me la encontré ayer por la tarde. Ella trató de contarme qué era, pero pensé que ahí había gato encerrado.

—¿Quieres decir que tu esposa la compró?

—La tenía envuelta en papel de seda en su armario.

Michaelis no veía nada de raro en eso, y le dio a Wilson una docena de razones por las cuales su esposa podía haber comprado una correa. Pero era probable que Wilson hubiera escuchado algunas de estas mismas explicaciones antes, de labios de su esposa, porque comenzó a susurrar: "¡Oh, Dios mío!", de nuevo; su consuelo había dejado varias explicaciones en el aire.

—Entonces él la mató –dijo Wilson–. Su boca cayó abierta de repente.

—¿Quién lo hizo?

—Tengo manera de averiguarlo.

—Estás enfermo, George –dijo su amigo–; ésta ha sido una pena muy grande para ti y no sabes lo que dices. Mejor quédate quieto hasta que amanezca.

—Él la asesinó.

—Fue un accidente, George.

Wilson movió la cabeza hacia los lados. Sus ojos se entrecerraron y su boca se abrió un poco con el fantasma de un "¡Ahá!" conocedor.

—Yo lo sé –dijo en forma contundente–; soy de aquellas personas confiadas a las que no les gusta hacerle daño a nadie, pero cuando sé algo, lo sé. Fue el hombre del auto. Ella salió corriendo para hablar con él y él no quiso detener su marcha.

Michaelis también había visto lo mismo, pero no se le había ocurrido que tuviera algún significado especial. Creyó que la señora Wilson había huido de su esposo y no que había tratado de detener a algún auto en particular.

—¿Cómo pudo haber hecho eso?

—Es muy intensa –dijo Wilson como si eso contestara la pregunta.

—Ah...

Comenzó a mecerse de nuevo, y Michaelis se quedó dándole vueltas a la correa en la mano.

—¿Acaso tienes algún amigo a quien pudieras telefonear, George?

Esta era una esperanza vana; estaba casi seguro de que Wilson no tendría ningún amigo. No alcanzaba más que para su esposa. Un poco después, se alegró al notar un cambio en el cuarto, un despertar azul en la ventana, y se dio cuenta de que ya casi amanecería. Cerca de las cinco de la mañana ya estaba lo suficientemente claro afuera para poder apagar la luz.

Los ojos inexpresivos de Wilson se volvieron hacia los morros de ceniza sobre los que tomaba fantásticas formas una pequeña nube gris y se escurrió aquí y allá en el viento tenue del amanecer.

—Hablé con ella —dijo entre dientes, después de un largo silencio—. Le dije que a mí me podía engañar, pero no a Dios. La llevé hasta la ventana —con un esfuerzo se levantó y caminó hacia la ventana de atrás y recostó su rostro contra ella—. Y le dije: "¡Dios sabe lo que has estado haciendo, todo lo que has estado haciendo. ¡Me puedes engañar a mí pero no a Él!".

De pie tras él, Michaelis vio con sorpresa que miraba los ojos del doctor T. J. Eckleburg surgiendo, pálidos y enormes, de entre la noche que se disolvía.

—Dios lo ve todo —repitió Wilson.

—Esto es una propaganda —le aseguró Michaelis. Algo lo hizo alejarse de la ventana y mirar de nuevo hacia el cuarto. Pero Wilson permaneció allí un largo rato con el rostro pegado al cristal de la ventana, moviendo la cabeza de un lado a otro en la luz matinal.

Hacia las seis Michaelis estaba exhausto y agradeció el sonido de un auto que se detuvo. Era uno de los vigilantes de la noche anterior, que había prometido regresar; entonces hizo desayuno para todos, y se lo comieron entre los dos. Wilson estaba más tranquilo y Michaelis se fue a casa a dormir. Cuando despertó, cuatro horas más tarde, y caminó de prisa al garaje, Wilson se había marchado.

Sus pasos (estuvo todo el tiempo a pie) fueron rastreados hasta Puerto Roosevelt y luego hasta Gad's Hill, donde compró un emparedado que no se comió y una taza de café. Debía haber estado cansado y haber caminado con lentitud, porque llegó a destino recién a las doce del mediodía. Hasta entonces no hubo dificultad en saber qué había hecho; algunos muchachos vieron a un hombre "que parecía un poco loco" y se sabe que miró a unos choferes de manera extraña desde el lado de la carretera. Entonces, durante tres horas, desapareció. La policía, basada en lo que le había dicho Michaelis sobre que tenía "manera de darse cuenta", supuso que pasó este tiempo yendo de taller en taller, por los alrededores, preguntando por un auto amarillo. Por otra parte, ningún mecánico se presentó a atestiguar que lo había visto y es posible que haya tenido una manera más fácil de encontrar lo que deseaba saber. Más o menos a las dos y media estaba en West Egg, donde le preguntó a alguien cómo llegar a la casa de Gatsby. De manera que hacia aquella hora ya conocía el nombre de Gatsby.

A las dos de la tarde, Gatsby se puso su traje de baño y le dejó dicho a su mayordomo que si alguien lo llamaba le avisaran a la piscina. Se detuvo en el garaje para tomar una colchoneta inflable, de aquellas que habían divertido a sus huéspedes durante el verano, y el chofer le ayudó a inflarla. Entonces dio instrucciones de que el auto convertible no debía sacarse bajo ninguna circunstancia, cosa extraña porque el guardabarros delantero derecho necesitaba ser reparado. Gatsby se puso la colchoneta al hombro y salió hacia la piscina. Se detuvo una vez para acomodársela mejor, y el chofer le preguntó si necesitaba ayuda; dijo que no y en un momento desapareció entre los árboles, que ya se estaban poniendo amarillos. Aunque no recibió ningún mensaje telefónico, el mayordomo siguió sin dormirse y lo esperó hasta las cuatro de la tarde, mucho después de que hubiera a quien darle un mensaje, de haber llegado éste. Tengo la idea de que Gatsby mismo no creía que fuera a recibir ninguno, y es probable que ya ni siquiera le importara. Si esto era así, debió haber sentido que había perdido su viejo y cálido mundo, que había pagado un precio demasiado alto por vivir con un solo sueño. Debió haber mirado hacia el cielo desconocido a través de las hojas atemorizadas y debió haber temblado al encontrar cuán grotesca es una rosa y cuán cruda la luz del sol que caía sobre la hierba escasamente creada. Un nuevo mundo, material pero no real, donde unos pobres fantasmas, respirando sueños en vez de aire, vagaban fortuitamente por todos lados como la figura cenicienta y fantástica que se deslizaba hacia él por entre los árboles sin forma.

El chofer, que era uno de los protegidos de Wolfsheim, escuchó los disparos; después, sólo pudo decir que no había pensado mucho en ellos. Yo llegué de la estación derecho a la casa de Gatsby y el hecho de que saliera corriendo ansiosamente hacia las escalinatas fue lo primero que alarmó a la gente. Pero ellos ya lo sabían, de eso estoy seguro. Sin decir casi ni una palabra, nosotros cuatro, el chofer, el mayordomo, el jardinero y yo, salimos corriendo hacia la piscina.

Había un movimiento leve del agua, escasamente perceptible, al moverse la corriente de un extremo al otro, por donde salía. Con pequeños rizos, que no eran más que la sombra de olas, la colchoneta con su carga, se movía de manera irregular por la piscina. Una pequeña corriente de viento que corrugaba un poco la superficie era suficiente para perturbar su curso accidentado con su accidentada carga. El choque contra un montón de hojas la hizo girar levemente, trazando, como la estela de un objeto en tránsito, un pequeño círculo rojo en el agua.

Fue después de que saliéramos con Gatsby hacia la casa cuando el jardinero vio el cuerpo de Wilson semiescondido entre la hierba y el holocausto se completó.

IX

Dos años después, tengo el recuerdo del final de aquel día, aquella noche y el día siguiente como una serie interminable de procedimientos policiales, con fotógrafos y periodistas entrando y saliendo por la puerta de la casa de Gatsby. Extendieron una cuerda a través del portón principal, frente al cual un agente mantenía alejados a los curiosos, pero los niños pronto descubrieron que podían entrar atravesando el jardín de mi casa y siempre había allí varios caminando en grupo, mirando la piscina con la boca abierta. Alguien con actitud positiva, probablemente un detective, usó la expresión "un loco" cuando se agachó sobre el cadáver de Wilson, y la sorpresiva autoridad de su voz le dio el título a las noticias del periódico de la mañana siguiente.

La mayor parte de los reportes fueron como una pesadilla ridícula y circunstancial, morbosa y falsa. Cuando el testimonio que dio Michaelis al ser interrogado trajo a luz las sospechas de Wilson sobre su esposa pensé que toda la historia iba a ser servida muy pronto en pasquines de mala muerte, pero Catherine, que pudo haber declarado cualquier cosa, no dijo nada. Hizo gala de una sorprendente entereza también en lo que a esto respecta: mirando al médico forense con ojos firmes bajo sus cejas corregidas, le juró que su hermana jamás había visto a Gatsby, que su hermana era completamente feliz con su esposo, que su hermana no estaba metida en ningún enredo de ninguna clase. Se convenció a sí misma de esto y lloró en su pañuelo, como si la sola sugerencia fuera más de lo que pudiera soportar. Entonces

Wilson se redujo a un hombre "enloquecido por el dolor", para que el caso pudiera permanecer en su forma más simple. Y en eso quedó.

Pero todo eso me parecía remoto y sin ninguna importancia. Me encontré del lado de Gatsby, y estaba solo. Desde el momento que telefoneé la noticia de la tragedia al pueblo de West Egg, todas las conjeturas y las preguntas concretas sobre él fueron a parar a mis manos. Al comienzo me sentí extrañado y confundido; luego, cuando vi que yacía hora tras hora en su casa sin moverse, respirar ni hablar, empecé a sentir que yo era responsable, porque a nadie más le interesaba; le interesaba, quiero decir, con aquel intenso interés personal al cual cada persona tiene un cierto derecho al final. Telefoneé a Daisy media hora después de que lo encontráramos; la llamé de manera instintiva y sin vacilar. Pero ella y Tom se habían marchado muy temprano aquella tarde, llevándose el equipaje consigo.

—¿No dejaron dirección?

—No.

—¿Dijeron cuándo volverían?

—No.

—¿Alguna idea de dónde pueden estar? ¿Cómo puedo localizarlos?

—No lo sé. No lo puedo decir.

Yo quería traerle a alguien. Quería ir al cuarto donde yacía y tranquilizarlo: "Yo te conseguiré a alguien, Gatsby. No te preocupes. Ten confianza en mí y verás qué yo te traeré a alguien...".

El nombre de Meyer Wolfsheim no aparecía en el directorio telefónico. El mayordomo me dio la dirección de su oficina en Broadway; llamé al servicio de información, pero para el momento en que había conseguido el número ya eran más de la cinco y nadie me contestó al teléfono.

—¿Quiere marcar de nuevo, señorita?

–Ya he marcado tres veces.

–Es muy importante.

–Lo siento. Parece que no hay nadie.

Regresé al salón y por un instante pensé que todos aquellos agentes que de repente lo llenaron eran visitantes que habían venido sin saber. Pero cuando le quitaron la sábana y lo miraron con ojos impávidos, la queja de Gatsby aún continuaba en mi cerebro: "Mira, viejo amigo, tienes que conseguirme a alguien. Debes hacer el esfuerzo. No soy capaz de seguir pasando por esto solo".

Alguien comenzó a hacerme preguntas, pero yo me escabullí y ya en el segundo piso di un vistazo a aquellos cajones de su escritorio que no estaban cerrados con llave; en definitiva, nunca me había contado que sus padres estaban muertos. Pero no había nada en ellos; sólo la fotografía de Dan Cody, recuerdo de violencia olvidada, miraba desde la pared.

A la mañana siguiente envié al mayordomo a Nueva York con una carta para Wolfsheim en la cual le pedía información y le solicitaba que viajara en el próximo tren. La petición me pareció superflua cuando la escribí. Yo estaba seguro de que él saldría para acá apenas viera los periódicos, y también pensaba que antes del mediodía llegaría un telegrama de Daisy, pero ni el telegrama ni Wolfsheim llegaron jamás; nadie llegó, excepto más policías, más fotógrafos y más reporteros. Cuando el mayordomo trajo la respuesta del señor Wolfsheim, me sentí inundado por un sentimiento de despecho que tenía una solidaridad desdeñosa entre Gatsby y yo, contra todos ellos.

Apreciado señor Carraway:

Ésta ha sido una de las impresiones más terribles de toda mi vida, tanto que no puedo creer que sea verdad. Un acto tan loco como el que llevó a cabo aquel hombre nos debería hacer meditar a todos. No puedo bajar pues estoy ocupado en un asunto muy importante y no puedo enredarme con esto en estos momentos. Si hay algo que pueda hacer un poco más tarde, por favor avísemelo por carta, con Edgar. Me descompongo cuando oigo una cosa así y ahora me encuentro por completo apabullado. Suyo, sinceramente.

Meyer Wolfsheim.

Y luego una breve posdata más abajo:

Avíseme del funeral y demás. No conozco a nadie de su familia.

Cuando el teléfono sonó aquella tarde y larga distancia dijo que estaban llamando de Chicago, pensé que por fin era Daisy. Pero en la conexión pasó la voz de un hombre, muy delgada y que sonaba como si estuviera muy lejos.

–Habla Slagle...

–¿Sí? –el nombre no me era conocido.

–¿Qué aviso?, ¿no? ¿Recibieron mis telegramas?

–No ha llegado ningún telegrama.

–El chico Parke está en problemas –dijo rápidamente–. Lo atraparon cuando pasaba los bonos por el mostrador. Tienen una circular de Nueva York en la que les da los números justamente cinco minutos antes. ¿Tú qué sabes acerca de eso? Uno nunca puede decir cómo van a salir las cosas en estos pueblos provincianos...

–Hola –interrumpí sin aliento–. Escuche, no soy Gatsby. Gatsby está muerto.

Se hizo un largo silencio al otro extremo de la línea, seguido de una exclamación. Luego, el corto chirrido de la conexión al cortarse.

Creo que fue el tercer día cuando llegó de un pueblo de Minnesota un telegrama firmado por Henry C. Gatz. Sólo decía que el remitente iba a salir de inmediato y que se pospusiera el funeral hasta su llegada.

Era del padre de Gatsby, un anciano solemne, totalmente indefenso y apabullado, envuelto en un abrigo largo y barato a pesar del cálido día septembrino. Tenía los ojos húmedos por la emoción, y cuando le recibí el maletín y la sombrilla de las manos, comenzó a acariciarse la barba gris y rala de un modo tan asiduo que casi no logro quitarle el abrigo. Vi que estaba a punto de desplomarse y lo llevé al salón de música, donde lo hice sentar mientras pedía algo para comer. Pero no quería nada, y el vaso de leche se le derramaba en la mano temblorosa.

—Lo leí en el periódico de Chicago —dijo—. Salió todo en el periódico de Chicago. De inmediato me vine para acá.

—Yo no sabía cómo localizarlo a usted.

Sus ojos, sin fijarse en nada, se movían todo el tiempo por el cuarto.

—Fue un loco —dijo—; tuvo que haber estado loco.

—¿No quisiera tomar un poco de café? —le insistí.

—No quiero nada. Ya estoy bien, señor...

—Carraway

—Bien, ya me siento mejor. ¿Dónde tienen a Jimmy?

Lo llevé al salón donde yacía su hijo y lo dejé allí.

Algunos niños habían subido por las escalinatas y miraban hacia el vestíbulo. Cuando les dije quién había llegado se marcharon a regañadientes.

Después de un rato el señor Gatz abrió la puerta y salió, con la boca abierta, el rostro enrojecido y derramando lágrimas aisladas y extemporáneas. Había llegado a una edad donde la muerte ya no guarda ninguna sorpresa fantasmagórica y cuando miró en torno suyo, ahora por primera vez, y vio el tamaño y esplendor del vestíbulo y los grandes cuartos que desde él se abrían hacia otros, su dolor comenzó a mezclarse de orgulloso respeto. Lo ayudé a subir a un cuarto del piso de arriba; cuando se quitó el abrigo y el chaleco le conté que los arreglos habían sido postergados hasta que él llegara.

—Yo no sabía qué deseaba hacer usted, señor Gatsby...

—Gatz es mi nombre.

—Señor Gatz. Pensé que quizás usted querría llevarse el cadáver al Oeste.

Dijo que no con la cabeza.

—A Jimmy siempre le gustó más el Este. Llegó hasta esta posición en el Este. ¿Era usted amigo de mi hijo?

—Éramos muy amigos.

—Tenía un gran futuro ante sí, ¿sabe? Era muy joven aún, pero tenía mucho poder mental aquí—. Se tocó la cabeza con gran reverencia; yo afirmé que sí—. Si hubiera seguido viviendo habría llegado a ser un gran hombre. Un hombre como James J. Hill. Habría ayudado a construir este país.

—Es cierto —dije, sintiéndome incómodo.

Luchó con el edredón bordado, tratando de quitarlo de la cama; se acostó tenso y en un instante cayó dormido.

Aquella noche llamó una persona, obviamente asustada, que pidió saber quién era yo antes de dar su nombre.

—Soy el señor Carraway —dije.

—¡Ah! —sonó aliviado—. Habla el señor Klipspringer.

También me sentí aliviado porque parecía prometer otro amigo en la tumba de Gatsby. No quería que saliera en los periódicos y que atrajera una multitud de curiosos, por lo que me había puesto a llamar a alguna gente personalmente. Pero era difícil consolarles.

—El funeral es mañana—dije—. A las tres de la tarde, aquí en la casa, me gustaría que le dijeras a alguien que pudiera estar interesado.

—Oh, sí, lo haré —estalló—. Pero no es muy probable que vea a nadie; si veo a...

Su tono me hizo recelar.

–Usted sí vendrá, ¿no?

–Pues.... al menos voy a hacer lo posible. Para lo que llamaba era para...

–Vamos, hombre –interrumpir–, ¿por qué no dice que va a venir?

–Bueno, el hecho... la verdad es que estoy con una gente aquí en Greenwich, que espera que mañana pase el día con ellos. Es una especie de paseo o algo así. Por supuesto que voy hacer lo posible por zafármeles.

Pronuncié un furioso: "¡ja!" que él debió haber oído, porque siguió diciendo, nervioso:

–Para lo que llamaba era por un par de zapatos que dejé allí. No será mucho problema hacer que el mayordomo me los envíe. Vea usted, son de tenis, y me siento indefenso sin ellos. Mi dirección es: a nombre de B.F....

Colgué el teléfono antes de que dijera el resto del nombre. Después de eso sentí una especie de vergüenza por Gatsby. Un caballero a quien llamé por teléfono insinuó que se merecía su suerte. Sin embargo, en este caso la culpa fue mía, porque él era uno de esos que solían despreciar a Gatsby con más exasperación, envalentonado con su licor, y yo debí haber tenido la inteligencia suficiente para no llamarlo.

La mañana del funeral me fui para Nueva York para ver a Meyer Wolfsheim; me había dado cuenta de que era imposible localizarlo de algún otro modo. La puerta que empujé, aconsejado por el muchacho del ascensor, llevaba el nombre de "Compañía de arrendamientos *La swastika*", y al principio no parecía haber nadie adentro pero después de gritar "hola" varias veces en vano, oí que estallaba una discusión detrás de una mampara y acto seguido, una hermosa judía apareció en la puerta interior y me escrutó con sus ojos negros hostiles.

—No hay nadie adentro —dijo ella—. El señor Wolfsheim viajó a Chicago.

La primera parte de esto era obviamente falsa, porque alguien muy desafinado había comenzado a silbar *El Rosario,* allí adentro.

—Por favor, dígale que el señor Carraway desea verlo.

—No lo puedo traer de Chicago, ¿entiende?

En ese momento, la voz inconfundible del señor Wolfsheim gritó: "¡Estela!", del otro lado de la puerta.

—Deje su nombre en el escritorio —dijo con afán—. Yo se lo entregaré a él cuando llegue.

—Pero yo sé que él está aquí.

Dio un paso hacia mí e, indignada, comenzó a frotarse las manos en las caderas.

—Ustedes los jóvenes piensan que cuando les da la gana pueden meterse en cualquier parte a la fuerza —regañó—. Estamos hartos de esto. Cuando yo digo que está en Chicago, está en Chicago.

Le mencioné a Gatsby.

—¡Ah! —me miró de arriba a abajo otra vez—. Por favor, ¿cómo dijo que se llamaba?

Desapareció. Un instante después Wolfsheim apareció con mucha solemnidad en el marco de la puerta, estirándome ambos brazos. Me hizo entrar a su oficina mientras anotaba con voz emocionada que era tiempo de dolor para todos nosotros, y me ofrecía un cigarro.

—Recuerdo cuando lo conocí por primera vez: un joven mayor, acabado de salir del ejército y cubierto de medallas conseguidas en la guerra; estaba tan mal que llevaba puesto su uniforme porque no tenía con qué comprar ropa de civil. La primera vez que lo vi fue cuando llegó al salón de billar de Winebrenner en la calle 43 a pedir trabajo. No había comido nada hacía un par de días. "Ven y almuerza conmigo", le dije. En media hora se comió más de cuatro dólares de comida.

–¿Usted lo inició en los negocios? –pregunté.

–¡Iniciarlo! ¡Lo hice!

–Ah.

–Lo saqué de la nada, de la alcantarilla. Muy pronto me di cuenta de que era un joven de buena apariencia, todo un caballero, y cuando me dijo que era egresado de *Oggsford,* supe que me podía ser útil. Lo hice unirse a la Legión Americana y allí ocupó un alto lugar. Poco después hizo un trabajo para un cliente mío en Albany. Fuimos muy unidos –levantó dos dedos bulbosos–; uña y mugre.

Me pregunté si su sociedad habría incluido la transacción en 1919 con la serie mundial.

–Ahora está muerto –dije después de un rato–. Usted era su amigo más íntimo; sé que querrá venir a su funeral esta tarde.

–Me gustaría mucho.

–Bueno, venga entonces.

Los pelos de sus fosas nasales temblaron un poco y al decir que no con su cabeza, sus ojos se llenaron de lágrimas.

–No lo puedo hacer; no me puedo involucrar en esto –dijo.

–No hay nada en qué involucrarse. Ya todo pasó.

–Cuando asesinan a un hombre no me gusta mezclarme de ninguna manera. Me quedo afuera. Cuando era joven, era otra cosa; si moría un amigo, no importaba cómo, yo permanecía con él hasta el final. A usted puede parecerle que soy sentimental, pero así era: hasta el duro final.

Vi que por alguna razón muy personal estaba decidido a no ir, y entonces me levanté.

–¿Eres universitario? –preguntó de pronto.

Por un momento pensé que me iba a sugerir una conexión, pero se limitó a mover la cabeza y me estrechó la mano.

–Aprendamos a mostrarle nuestra amistad a un hombre cuando está vivo y no después de muerto –sugirió–. Además de ésta, mi única regla es dejar las cosas en paz.

Cuando me marché de su oficina el cielo se había oscurecido y regresé a West Egg en medio de la llovizna. Tras cambiarme la ropa me encaminé adonde el vecino y encontré al señor Gatz, muy excitado, caminando por el vestíbulo. El orgullo que sentía por su hijo y por sus posesiones iba en aumento y ahora quería mostrarme algo.

—Jimmy me envió esta fotografía —la saco de su billetera con dedos temblorosos—. Mire.

Era una foto de la casa, arrugada en las esquinas y sucia por las huellas de muchas manos. Me señaló cada detalle con ansiedad.

—¡Mire esto! —dijo buscando admiración en mis ojos. La había mostrado con tanta frecuencia que yo creo que le era más real que la casa misma.

—Jimmy me la envió. Me parece una foto muy bonita. Se ve muy bien.

—Sí, muy bien. ¿Había visto a su hijo últimamente?

—Venía a verme cada dos años y me compró la casa donde vivo ahora. Claro que estábamos en la ruina cuando se escapó de casa, pero ahora veo que tenía razón en hacerlo. Él sabía que tenía un gran futuro ante sí. Y desde el momento en que tuvo éxito fue muy generoso conmigo.

Renuente a guardar la foto, me la puso otro momento ante los ojos. Luego la volvió a meter en la billetera y sacó de su bolsillo una vieja copia de un libro llamado *Hopalong Cassidy*.

—Mire, este es un libro que tenía cuando era niño. Esto le muestra.

Lo abrió en la contra carátula y me lo entregó para que yo viera. En la última hoja estaba escrita la palabra "horario" y la fecha septiembre 12 de 1906; y debajo:

Levantarme de la cama.	6:00 AM
Ejercicio de pesas y de escalar.	6:15 a 6:30 AM

Estudiar electricidad, etc.	7:15 a 8: 15 AM
Trabajar.	8:30 a 4:30 PM
Béisbol y deportes.	4:30 a 5:00 PM
Practicar locución, pose y cómo lograrla.	5:00 a 6:00 PM
Estudiar inventos necesarios.	7:00 a 8:00 PM

RESOLUCIONES GENERALES

No perder tiempo en Shafters o (un nombre indescifrable)
No fumar o mascar chicle.
Bañarse día por medio.
Leer cada semana un libro o una revista cultos.
Ahorrar cinco dólares (tachado) tres dólares semanales.
Ser mejor con los padres.

–Encontré este libro por accidente –dijo el viejo–. Le muestra a uno cómo era, ¿no es así?

–Sí, le muestra a uno eso.

–Jimmy estaba destinado a salir adelante. Siempre tenía alguna resolución o algo por el estilo. ¿Notó aquello que pone sobre mejorar la mente? Siempre fue muy bueno para eso. Una vez me dijo que yo comía como un cerdo, y le pegué por ello.

No quería cerrar el libro; leía cada renglón en voz alta y me miraba con ansiedad. Creo que esperaba que yo anotara esa lista para mi propio uso. Un poco antes de las tres, el pastor luterano llego de Flushing. Al igual que el padre de Gatsby, comencé a asomarme involuntariamente por las ventanas para ver si veía otros autos. A medida que el tiempo pasaba y los sirvientes entraban y se quedaban de pie en el vestíbulo, sus ojos comenzaron a parpadear con ansiedad, y empezó a hablar de la lluvia en un tono incierto y preocupado. El pastor miró varias veces su reloj, lo llevé entonces a lado y le pedí que esperáramos media hora más. Pero fue inútil. Nadie vino.

A eso de las cinco nuestra procesión de tres autos llegó al cementerio y se detuvo junto a la entrada, en medio de una fuerte lluvia; primero un auto mortuorio, terriblemente negro y mojado; después, el señor Gatz, el pastor y yo en la limosina, y un poco más atrás, cuatro o cinco sirvientes y el cartero del West Egg, en la camioneta de Gatsby, todos mojados hasta el tuétano. En el momento en que pasábamos por la puerta para entrar al cementerio oí que un auto se detenía y luego el sonido de alguien chapoteando detrás de nosotros en la tierra mojada. Miré en derredor. Era el hombre con gafas como ojos de búho que una noche, tres meses atrás habíamos encontrado en la biblioteca de Gatsby, maravillado con sus libros.

No lo había vuelto a ver. No supe cómo se enteró del funeral, ni siquiera conocí su nombre. El agua le caía sobre los gruesos anteojos; se los quitó y los limpió para ver la carpa que protegía la tumba de Gatsby.

Traté de pensar en Gatsby por un momento, pero ya él estaba demasiado lejos, y sólo pude recordar, sin resentimiento, que Daisy no había enviado ni un mensaje ni una flor. Muy vagamente oí que alguien murmuraba:

—Benditos sean los muertos sobre los que cae la lluvia.

Y entonces el hombre de los ojos de búho dijo: "Amén para eso" con voz valiente.

Nos dispersamos rápidamente por la lluvia para ir a los autos. Ojos de Búho me habló cerca de la entrada.

—No pude entrar a la casa —anotó.

—Nadie más pudo.

—¡Vaya! —se sobresaltó—. ¡Oh, Dios mío!, solían ir allí en manadas.

Se quitó las gafas y las limpió de nuevo, por dentro y por fuera.

—El pobre hijo de puta —dijo.

Uno de los más vivos recuerdos que guardo es el de Navidad a mi regreso al Oeste, primero procedente del internado y, más tarde, de la universidad. Aquellos que se iban más allá de Chicago se reunían en la vieja y oscura estación Unión a las seis de cualquier tarde de diciembre, con algunos amigos de Chicago, ya presos de sus alegres festividades, que les daban un apresurado adiós. Recuerdo los abrigos de piel de las niñas que regresaban del colegio de la señorita fulana o sutana, la charla con el aliento helado, las manos que decían adiós encima de la cabeza cuando alcanzaban a divisar algún viejo amigo y el careo con las invitaciones: ¿Te vas para donde los Ordway?, ¿los Hersey?, ¿los Schtiltzes?, y los billetes de tren largos y verdes, apretados en nuestras manos enguantadas. Y por último, los tenebrosos vagones amarillos del tren de Chicago, Milwaukee y St. Paul, que viajaban alegres como la navidad misma en las carteleras junto a los portones.

Cuando nos adentrábamos en la noche invernal y la nieve verdadera, nuestra nieve, comenzaba a extenderse al lado nuestro y a parpadear contra las ventanas, y la tenue luz de las pequeñas estaciones de Winsconsin empezaba a pasar, una ráfaga de aire fuerte y vigorizante nos llegaba de repente. Lo aspirábamos en grandes oleadas al regresar después de comer por los fríos vestíbulos, indescriptiblemente conscientes, por una extraña hora, de nuestra identidad con esta región, antes de confundirnos con ella de nuevo.

Este es mi Oeste Medio. No el trigo, las praderas ni los pueblos suecos perdidos, sino los emocionantes trenes del regreso cuando era joven; y los faroles de las calles y las campanillas de los trineos en la oscuridad escarchada, y las sombras que las ventanas iluminadas arrojaban a las coronas festivas sobre la nieve. Formo parte de esto, un poco solemne, con el sentimiento de aquellos largos inviernos, un poco contento conmigo mismo, pues crecí en la casa Carraway, en la ciudad donde las viviendas todavía se siguen llamando, por décadas, con el apellido de la familia. Y veo ahora que, después de todo, ésta ha sido una historia del Oeste: Tom, Gatsby, Daisy, Jordan y yo, todos éramos del Oeste, y tal vez teníamos en común alguna deficiencia que nos hacía sutilmente inadaptables a la vida del Este.

Aun en la época en que el Este llegó a gustarme más, en la época en que tuve una mayor conciencia de su superioridad sobre los aburridores, explayados abultados pueblos más allá de Ohio, con sus interminables inquisiciones de las que sólo escapaban lo niños y los más viejos, incluso entonces siempre me pareció que el Este tenía la particularidad de distorsionar las cosas. West Egg, en especial, aún aparece en mis sueños más fantásticos. Lo veo como una escena nocturna de El Greco: un centenar de casas al mismo tiempo convencionales y grotescas, agazapadas bajo un cielo opresivo y lúgubre, y una luna sin brillo. En un primer plano, cuatro hombres solemnes, bien vestidos, caminan por los andenes con una camilla en la que yace una mujer borracha en un vestido de noche blanco. Su mano fría, que cuelga a su lado, resplandece con las joyas. Con gran solemnidad, los hombres se dan la vuelta en una casa, la casa equivocada. Nadie conoce el nombre de la mujer y a nadie le importa. Después de la muerte de Gatsby, el Este estaba embrujado para mí en ese sentido, distorsionado más allá del poder de corrección de mis ojos. Así que cuando el humo azul de las hojas quebradizas subió en el aire y el viento sopló y la ropa recién lavada se puso rígida en los alambres, decidí regresar a casa.

Debía hacer algo antes de irme, algo absurdo y desagradable que tal vez hubiera sido mejor no haber llevado a cabo. Pero necesitaba dejar todo en orden y no limitarme a confiar en que el mar complaciente e indiferente se llevara la basura que dejé: estuve con Jordan Baker y hablé con ella sobre lo que nos había sucedido a ambos y sobre lo que me había pasado a mí después, y ella se quedó perfectamente quieta, escuchándome, en un gran sillón.

Llevaba su atuendo de golf, y recuerdo haber pensado que parecía una buena ilustración, su mentón levantado con elegancia, sus cabellos del color de las hojas de otoño, su rostro con el mismo tinte bronceado del guante sin dedos que descansaba sobre su rodilla. Cuando hube terminado me contó, sin comentar más, que estaba comprometida con otro hombre; yo lo dudé, aunque había varios con los cuales se hubiera podido casar con sólo mover la cabeza; pero fingí sorpresa. Sólo por un segundo, me pregunté si yo no cometía un error; entonces volví a pensar un minuto en lo que había pasado, y me levanté para despedirme.

—Sea como sea, tú me echaste —dijo Jordan de repente—. Me echaste por teléfono. Ahora me importa un comino, pero como era una experiencia nueva para mí, me sentí muy desconcertada por un tiempo.

Nos estrechamos la mano.

—Ah, y ¿recuerdas —agregó ella— una conversación sobre la forma de manejar el auto?

—No exactamente.

—Tú decías que un mal chofer sólo estaba seguro hasta que encontraba otro mal chofer; bien, encontré otro mal chofer, ¿no? Quiero decir que actué de modo descuidado al hacer esa suposición equivocada. Pensé que tú eras una persona honesta y franca. Pensé que aquél era tu orgullo secreto.

—Tengo treinta años —dije—. Cinco más de la cuenta para mentirme a mí mismo y llamarlo honor.

No respondió. Enojado y un poco enamorado de ella, y con una tristeza enorme, me di la vuelta.

Una tarde, a fines de octubre, encontré por casualidad a Tom Buchanan. Iba delante de mí por la Quinta Avenida, con su paso ágil y agresivo, las manos un poco alejadas del cuerpo como para luchar contra la interferencia, la cabeza moviéndose con brusquedad de aquí para allá, adaptándose a sus ojos inquietos. Justo en el momento en que yo aminoraba el paso para evitar alcanzarlo, se detuvo y se dedicó a mirar las vitrinas de una joyería.

De pronto, se dio cuenta de que allí estaba yo y se devolvió, tendiéndome la mano.

–¿Qué pasa, Nick? ¿Tienes algún problema en darme la mano?

–Sí. Ya sabes lo que pienso de ti.

–Estás loco, Nick –dijo en el acto–. Loco de remate. No sé qué es lo que pasa contigo.

–Tom –le pregunté–, ¿qué le dijiste a Wilson aquella tarde?

Me miró sin modular palabra, y supe que había dado en el clavo en lo que había pensado sobre aquellas horas que faltaban. Comencé a darme la vuelta, pero él dio un paso adelante y me agarró por el brazo.

–Le dije la verdad –dijo–. Wilson tocó la puerta mientras nos estábamos alistando para marcharnos, y cuando mandé decir que no estábamos en casa, entró a la fuerza hasta el segundo piso. Estaba tan loco que me hubiera matado si yo no le hubiera dicho quién era el dueño del auto. Tuvo la mano sobre el revólver, en el bolsillo, todo el tiempo que permaneció en casa –de pronto, estalló desafiante–: ¿Y qué si le dije? Ese hombre se lo tenía merecido. Él te echó polvos mágicos en los ojos, lo mismo que a Daisy, pero era de mala calaña. Le pasó por encima a Myrtle como se pisa a un perro, y ni siquiera detuvo el auto.

No había nada que yo pudiera decir, salvo el hecho, inexpresable, de que no era cierto.

–Y si tú crees que no tuve mi ración de sufrimientos... mira, cuando fui a entregar el apartamento y vi aquella maldita caja de galletas para perros acomodada en la despensa, me senté y lloré como un niño. ¡Santo Dios, fue horrible...!

No podía perdonarle ni me podía gustar, pero me di cuenta de que lo que había hecho estaba, para él, completamente justificado. Todo fue muy descuidado y confuso. Eran personas descuidadas, Tom y Daisy dañaban las cosas y a las personas, y entonces se refugiaban en su dinero o en su gran indiferencia, o en lo que fuera que los mantenía juntos, y dejaban que la otra gente limpiara los regueros que habían dejado.

Le di la mano; pensé que era una tontería no hacerlo, porque de pronto me pareció que hablaba con un niño. Entonces entró en la joyería a comprar un collar de perlas, o quizás sólo unos gemelos, y yo quedé libre de mis escrúpulos provincianos para siempre.

La casa de Gatsby seguía vacía cuando me marché. El césped de su jardín había crecido tanto como el mío.

Uno de los taxistas del pueblo jamás hacía un viaje en que tuviera que pasar por ese portón sin parar un segundo y señalar a su interior; quizás había sido él quien llevara a Daisy y a Gatsby a East Egg la noche del accidente, y tal vez se había fabricado una historia propia sobre lo que había pasado. Yo no la quería escuchar y lo evitaba cuando me bajaba del tren.

Pasé las noches de sábado en Nueva York. Aquellas esplendorosas y ruidosas fiestas de Gatsby estaban tan vívidamente impresas en mí que aún podía escuchar la música y la risa, débil pero incesante, desde su jardín, y los autos que llegaban y salían de la explanada. Una noche oí un auto real; vi sus luces detenerse ante las escalinatas, pero no averigüé quién era. Debió haber sido un último huésped que se encontraría por los confines de la Tierra y no sabía que la fiesta había terminado.

La última noche, con la maleta lista para partir y el auto vendido al dueño de la tienda de abarrotes, pasé a darle una última mirada a aquel inmenso e incoherente fracaso de caserón. En las escalinatas blancas sobresalía con claridad, a la luz de la luna, una palabra obscena garabateada por algún chico con un pedazo de ladrillo; la borré, raspando la piedra con mi zapato. Bajé entonces a la playa a caminar y me tiré, todo a lo largo, sobre la arena.

La mayoría de las grandes mansiones a la orilla del mar estaban cerradas y no se veían más luces que las del brillo sombreado del transbordador al deslizarse por el estuario. Y a medida que la luna ascendía, las casas banales comenzaron a desvanecerse hasta que, de modo gradual, me fui haciendo consciente de esta antigua isla que floreció una vez ante los ojos de los marineros holandeses... un verde y fresco sereno en el Nuevo Mundo. Los árboles desaparecidos, los mismos que abrían camino a la casa de Gatsby, entre murmullos habían presenciado el último y mayor de todos los deseos humanos; por un encantador y transitorio instante, el hombre tuvo que haber contenido su aliento en presencia de este continente, obligado a una contemplación estética que no entendía ni deseaba, cara a cara por última vez en la historia con algo del mismo tamaño de su capacidad de asombro. Y mientras cavilaba sobre el viejo y desconocido mundo, pensé en el asombro de Gatsby al observar por primera vez la luz verde al final del muelle de Daisy. Había recorrido un largo camino antes de llegar a su prado azul, y su sueño debió haberle parecido tan cercano que habría sido imposible no apresarlo. No se había dado cuenta de que ya se encontraba más allá de él, en algún lugar más allá de la vasta penumbra de la ciudad, donde los oscuros campos de la república se extendían bajo la noche.

Gatsby creía en la luz verde, el futuro orgiástico que año tras año retrocede ante nosotros. En ese entonces nos fue esquivo, pero no importa; mañana correremos más a prisa, extenderemos los brazos más lejos hasta que, una buena mañana... Así seguimos avanzando, como botes contra la corriente, en un incesante regreso hacia el pasado.

El extraño caso de Benjamin Button

Hasta 1860 lo correcto era que nacieras en tu propia casa. Hoy, según me cuentan, los grandes dioses de la medicina han establecido que los primeros llantos del recién nacido deben ser emitidos en la atmósfera aséptica de un hospital, de preferencia un hospital elegante. Así que el señor y la señora Button se adelantaron cincuenta años a la moda cuando tomaron la decisión, en un día de verano de 1860, de que su primer hijo naciera en un hospital. Nunca sabremos si este anacronismo tuvo alguna influencia en la sorprendente historia que estoy a punto de narrar.

Les contaré qué sucedió y dejaré que juzguen por sí mismos.

Los Button gozaban de una posición envidiable, tanto social como económica, en el Baltimore anterior a la guerra. Estaban emparentados con ésta o aquella Familia, algo que, como todo sureño sabía, les otorgaba el derecho a formar parte de la inmensa aristocracia que vivía en la Confederación. Era su primera experiencia con respecto a la antigua y encantadora costumbre de tener hijos: naturalmente, el señor Button estaba nervioso. Confiaba en que fuera un niño para enviarlo a la Universidad de Yale, en Connecticut, institución en la que el propio señor Button había sido conocido durante cuatro años con el apodo, más bien obvio, de "Cuello Duro".

En aquella mañana de septiembre consagrada al extraordinario acontecimiento se levantó a las seis, con evidente nerviosismo; se vistió, se anudó una impecable corbata y corrió por las calles de Baltimore hasta el hospital, donde averiguaría si la oscuridad de la noche había traído en su seno una nueva vida.

A unos cien metros de la Clínica Maryland para Damas y Caballeros vio al doctor Keene, el médico de cabecera, que bajaba por la escalera principal restregándose las manos como si se las lavara, como todos los médicos están obligados a hacer, de acuerdo con los principios éticos, aunque nunca escritos, de la profesión.

El señor Roger Button, presidente de *Roger Button & Company, Ferreteros Mayoristas*, comenzó a correr en dirección el doctor Keene con mucha menos dignidad de lo que se esperaría de un caballero del Sur, hijo de aquella época pintoresca.

–Doctor Keene –llamó–. ¡Oiga, doctor Keene!

El doctor lo oyó, se volvió y se detuvo para esperarlo; mientras tanto, a medida que el señor Button se acercaba, una extraña expresión se dibujaba en su severa cara de médico

–¿Qué sucedió? –preguntó el señor Button, respirando con dificultad después de su carrera–. ¿Cómo fue todo? ¿Cómo se encuentra mi mujer? ¿Es un niño? ¿Qué es? ¿Qué…?

–Cálmese –dijo el doctor Keene con sequedad. Parecía algo irritado.

–¿Ha nacido el niño? –preguntó, suplicante, el señor Button.

El doctor Keene hizo un gesto de desaprobación.

—Bueno, sí, supongo… en cierto modo —y volvió a lanzarle una extraña mirada al señor Button.

—¿Mi mujer está bien?

—Sí.

—¿Es niño o niña?

—¡Otra vez! —gritó el doctor Keene en la cumbre de su irritación—. Le ruego que lo vea con sus propios ojos. ¡Es indignante! —la última palabra cupo casi en una sola sílaba. Luego el doctor Keene murmuró—: ¿Usted cree que un caso como éste será bueno para mi reputación profesional? Otro caso como éste sería mi ruina… la ruina de cualquiera.

—¿Qué sucede? —preguntó el señor Button, aterrado—. ¿Trillizos?

—¡No, nada de trillizos! —respondió el doctor, cortante—. Puede ir a verlo usted mismo. Y búsquese otro médico. Yo lo traje a usted al mundo, joven, y he sido el médico de su familia durante cuarenta años, pero he terminado con usted. ¡No quiero verle ni a usted ni a nadie de su familia nunca más! ¡Adiós!

Se volvió bruscamente y, sin añadir palabra, subió a su carruaje, que lo esperaba en la calzada, y se alejó circunspecto.

El señor Button se quedó solo en la vereda, sin entender qué sucedía y con temblando de pies a cabeza. ¿Qué horrible desgracia había ocurrido? De repente había perdido todo deseo de entrar en la Clínica Maryland para Damas y Caballeros. Pero, un instante después, haciendo un gran esfuerzo, se obligó a subir las escaleras y cruzó la puerta principal.

Una enfermera estaba sentada tras una mesa en la penumbra opaca del vestíbulo. Luchando contra su vergüenza, el señor Button se acercó.

—Buenos días —saludó la enfermera, mirándolo con amabilidad.

—Buenos días. Soy… Soy el señor Button.

Una expresión de horror se apoderó del rostro de la chica, que se puso en pie de un salto y pareció a punto de salir volando del vestíbulo: se dominaba gracias a un esfuerzo excesivo y notorio.

—Quiero ver a mi hijo —dijo el señor Button.

La enfermera profirió un débil grito.

—¡Por supuesto! —gritó histéricamente—. Arriba. Al final de las escaleras. ¡Suba!

Señaló la dirección con el dedo y el señor Button, bañado en sudor frío, dio media vuelta, lleno de dudas, y comenzó a subir las escaleras. En el vestíbulo de arriba se dirigió a otra enfermera que se le acercó con una palangana en la mano.

—Soy el señor Button —alcanzó a decir—. Quiero ver a mi…

¡Clank! La palangana se estrelló contra el suelo y rodó hacia las escaleras. ¡Clank! ¡Clank! Empezó un metódico descenso, como si participara en el terror general que había desatado aquel caballero.

—¡Quiero ver a mi hijo! —el señor Button casi gritaba. Estaba a punto de sufrir un ataque.

¡Clank! La palangana había llegado a la planta baja. La enfermera recuperó el control de sí misma y lanzó al señor Button una mirada de auténtico desprecio.

—De acuerdo, señor Button —concedió con voz sumisa—. Muy bien. ¡Pero si usted supiera cómo estábamos todos esta mañana! ¡Es algo sencillamente indignante! Esta clínica no conservará ni sombra de su reputación después de…

—¡Rápido! —gritó el señor Button, con voz ronca—. ¡No puedo soportar más esta situación!

—Venga entonces por aquí, señor Button. Se arrastró penosamente tras ella. Al final de un largo pasillo llegaron a una sala de la que salía un coro de aullidos, una sala que, de hecho, sería conocida en el futuro como la «sala de los lloros». Entraron. Alineadas a lo largo de las paredes había media docena de cunas con ruedas, esmaltadas de blanco, cada una con una etiqueta pegada en la cabecera.

–Bueno –resopló el señor Button–. ¿Cuál es el mío?

–Aquél –dijo la enfermera.

Los ojos del señor Button siguieron la dirección que señalaba el dedo de la enfermera, y esto es lo que vieron: envuelto en una voluminosa manta blanca, casi saliéndose de la cuna, había sentado un anciano que aparentaba unos setenta años. Sus escasos cabellos eran casi blancos, y del mentón le caía una larga barba color humo que ondeaba absurdamente de acá para allá, abanicada por la brisa que entraba por la ventana. El anciano miró al señor Button con ojos desvaídos y marchitos, en los que acechaba una interrogación que no hallaba respuesta.

–¿Estoy loco? –tronó el señor Button, transformando su miedo en rabia–. ¿O la clínica quiere gastarme una broma de mal gusto?

–A nosotros no nos parece ninguna broma –replicó la enfermera severamente–. Y no sé si usted está loco o no, pero lo que es absolutamente seguro es que ése es su hijo.

El sudor frío se duplicó en la frente del señor Button. Cerró los ojos, y volvió a abrirlos, y miró. No era un error: veía a un hombre de setenta años, un recién nacido de setenta años, un recién nacido al que las piernas se le salían de la cuna en la que descansaba.

El anciano miró con calma al caballero y a la enfermera durante un instante, y de repente habló con voz apenas audible y vieja:

–¿Eres mi padre? –preguntó.

El señor Button y la enfermera se llevaron un terrible susto.

–Porque, si lo eres –continuó el anciano, quejumbroso–, quisiera que me sacaras de este sitio, o al menos que hicieras que me trajeran una mecedora cómoda.

–Pero, en nombre de Dios, ¿de dónde has salido? ¿Quién eres tú? –estalló el señor Button exasperado.

–No te puedo decir exactamente quién soy –replicó la voz quejumbrosa–, porque sólo hace unas cuantas horas que he nacido. Pero mi apellido es Button, no hay duda.

–¡Mientes! ¡Eres un impostor!

El anciano se volvió con lentitud hacia la enfermera.

–Linda forma de darle la bienvenida a un hijo recién nacido –se lamentó con voz débil–. Dígale que se equivoca, ¿quiere?

–Se equivoca, señor Button –dijo severamente la enfermera–. Este es su hijo. Debería asumir la situación de la mejor manera posible. Nos vemos en la obligación de pedirle que se lo lleve a casa cuanto antes: hoy, por ejemplo.

–¿A casa? –repitió el señor Button con voz incrédula.

–Sí, no podemos tenerlo aquí. No podemos, de verdad. ¿Comprende?

–Yo me alegraría mucho –se quejó el anciano–. ¡Vaya sitio! Vamos, el sitio ideal para albergar a un joven de gustos tranquilos. Con todos estos chillidos y llantos, no he podido pegar un ojo. He pedido algo de comer –aquí su voz alcanzó una aguda nota de protesta– ¡y me han traído una botella de leche!

El señor Button se dejó caer en un sillón junto a su hijo y escondió la cara entre las manos.

–¡Dios mío! –murmuró, aterrorizado–. ¿Qué va a decir la gente? ¿Qué voy a hacer?

–Tiene que llevárselo a casa –insistió la enfermera–. ¡Inmediatamente!

Una imagen grotesca se materializó con tremenda nitidez ante los ojos del hombre atormentado: una imagen de sí mismo paseando por las abarrotadas calles de la ciudad con aquella espantosa aparición renqueando a su lado.

–No puedo hacerlo, no puedo –gimió.

La gente se detendría a preguntarle, y ¿qué iba a decir él? Tendría que presentar a ese… a ese septuagenario: "Éste es mi hijo, ha nacido esta mañana temprano". Y el anciano se acurrucaría bajo la manta y seguirían su camino penosamente, pasando por delante de las tiendas atestadas y el mercado de esclavos (durante un oscuro instante, el señor Button deseó fervientemente que su hijo fuera negro), por delante de las lujosas casas de los barrios residenciales y el asilo de ancianos.

–¡Vamos! ¡Cálmese! –ordenó la enfermera.

–Mire –anunció de repente el anciano–, si cree usted que me voy a ir casa con esta manta, se equivoca completamente.

–Los niños pequeños siempre llevan mantas.

Con una risa maliciosa el anciano sacó un pañal blanco.

–¡Mire! –dijo con voz temblorosa–. Mire lo que me han preparado.

–Los niños pequeños siempre llevan eso –dijo la enfermera con excesiva delicadeza.

–Bueno –dijo el anciano–. Pues este niño no va a llevar nada puesto dentro de dos minutos. Esta manta pica. Por los menos me podrían haber dado una sábana.

–¡Déjatela! ¡Déjatela! –se apresuró a decir el señor Button. Se volvió hacia la enfermera–. ¿Qué hago?

–Vaya al centro y compre algo de ropa para su hijo.

La voz del anciano siguió al señor Button hasta el vestíbulo:

–Y un bastón, papá. Quiero un bastón.

El señor Button salió dando un terrible portazo.

II

–Buenos días –dijo el señor Button, nervioso, al empleado de la mercería Chesapeake–. Quisiera comprar ropa para mi hijo.

–¿Qué edad tiene su hijo, señor?

–Seis horas –respondió el señor Button, sin pensarlo dos veces.

–La sección de bebés está en la parte de atrás.

–Bueno, creo que no... No estoy seguro de lo que busco. Es... es un niño extraordinariamente grande. Excepcionalmente... excepcionalmente grande.

–Allí encontrará talles grandes para bebés.

–¿Dónde está la sección de chicos? –preguntó el señor Button, cambiando de tema con desesperación. Ya tenía la impresión de que el empleado había percibido su vergonzoso secreto.

–Aquí mismo.

–Bueno... –el señor Button dudó. Le producía repulsión pensar en vestir a su hijo con ropa de hombre. Si, por ejemplo, pudiera encontrar ropa de chico grande, muy grande, podría cortar aquella larga y horrible barba y teñir las canas: así conseguiría disimular los peores detalles y conservar algo de su dignidad, por no mencionar su posición social en Baltimore.

Pero la búsqueda afanosa por la sección de chicos fue inútil: no encontró ropa adecuada para el Button que acababa de nacer. Roger Button le echaba la culpa a la tienda, claro está. En casos así lo más apropiado es echarle la culpa a la tienda.

–¿Qué edad me ha dicho que tiene su hijo? –preguntó el empleado con curiosidad.

–Tiene... dieciséis años.

–Ah, disculpe. Creí entender seis horas. Encontrará la sección de jóvenes en el siguiente pasillo.

El señor Button se alejó con aire triste. De repente se paró, radiante, y señaló con el dedo hacia un maniquí de la vidriera.

–¡Aquél! –exclamó–. Me llevo ese traje, el que lleva el maniquí.

El empleado lo miró asombrado.

–Pero, hombre –protestó–, ése no es un traje para chicos. Podría ponérselo un chico, claro, pero es un disfraz. ¡También se lo podría poner usted!

–Envuélvamelo –insistió el cliente, nervioso–. Es lo que buscaba.

El empleado, sorprendido, obedeció.

De vuelta en la clínica, el señor Button entró en la sala de los recién nacidos y casi le lanzó el paquete a su hijo.

–Aquí tienes la ropa –le dijo con brusquedad.

El anciano desenvolvió el paquete y examinó su contenido con una mirada cargada de burla.

–Me parece un poco ridículo –se quejó–. No quiero que me conviertan en un mono de…

–¡Tú sí que me has convertido en un mono! –el señor Button estalló con ferocidad–. Es mejor que no pienses que pareces ridículo. Ponte la ropa o… ¡o te pegaré!

Le costó pronunciar la última palabra, aunque consideraba que era lo que correcto.

–De acuerdo, padre –era una burda imitación del respeto de un hijo–. Tú has vivido más, tú sabes más. Como tú digas.

Como antes, el sonido de la palabra "padre" estremeció violentamente al señor Button.

–Y date prisa.

–Me estoy dando prisa, padre.

Cuando su hijo por fin terminó de vestirse, el señor Button lo miró con desolación. El traje se componía de calcetines de lunares, leotardos rosa y una blusa con cinturón y un amplio cuello blanco. Sobre el cuello ondeaba la larga barba blanca, que casi llegaba a la cintura. El efecto que producía no era bueno.

–¡Espera!

El señor Button empuñó unas tijeras de quirófano y dando tres rápidos tijeretazos cortó gran parte de la barba. Sin embargo, a pesar de la mejora, el conjunto estaba lejos de alcanzar la perfección. El cabello enmarañado que aún quedaba, los ojos acuosos, los dientes de viejo, todo producía un raro contraste con aquella ropa alegre. Pero el señor Button era obstinado. Alargó una mano.

–¡Vamos! –dijo con severidad.

Su hijo le tomó la mano con confianza.

–¿Cuál va a ser mi nombre, papi? –preguntó con voz temblorosa cuando salían de la sala de los recién nacidos–. ¿Será "nene", a secas, hasta que pienses un nombre mejor?

El señor Button gruñó.

—No sé —respondió con acritud—. Creo que te llamaremos Matusalén.

III

Incluso luego de que al nuevo miembro de la familia Button le cortaran el pelo, se lo tiñeran de un negro desvaído y artificial, lo afeitaran hasta el punto de que le resplandeciera la cara y lo equiparan con ropa de muchachito hecha a la medida por un sastre estupefacto, era imposible que el señor Button olvidara que su hijo era la triste imitación de un primogénito. Aunque encorvado por la edad, Benjamin Button —es éste el nombre que le pusieron, en vez del más apropiado, aunque demasiado pretencioso, de Matusalén— medía un metro y setenta y cinco centímetros. La ropa no disimulaba la estatura ni la depilación, y la tintura de las cejas ocultaban que los ojos que había debajo se hallaban apagados, húmedos y exhaustos. Además, apenas vio al recién nacido, la niñera que los Button habían contratado abandonó la casa, presa de la indignación.

El señor Button siguió adelante con su propósito inamovible. Bejamin era un niño, de modo que debía ser tratado como tal. Al principio sentenció que, si a Benjamin no le gustaba la leche tibia, se quedaría sin comer; pero por fin cedió y dio permiso para que su hijo comiera pan y manteca, e incluso, tras un pacto, harina de avena. Un día llevó a casa un sonajero y, dándoselo a Benjamin, insistió, en términos que no admitían un no como respuesta, en que debía jugar con él; el anciano tomó el sonajero con un gesto de cansancio, y todo el día oyeron que lo agitaba de vez en cuando, con obediencia.

Pero no había dudas de que el sonajero le resultaba aburrido y que disfrutaba de otras diversiones más reconfortantes cuando se encontraba solo. Por ejemplo, un día el señor Button descubrió que la semana anterior había fumado muchos más puros de los que acostumbraba, fenómeno que se aclaró días después cuando, al entrar de modo inesperado en el cuarto del niño, lo encontró inmerso en una vaga humareda azulada, mientras Benjamin, con expresión culpable, trataba de esconder los restos de un habano. Como es natural, aquello exigía una buena paliza, pero el señor Button no tuvo fuerzas para llevarla a cabo. Sólo se limitó a advertirle a su hijo que el humo frenaba el crecimiento.

A pesar de todo, el señor Button perseveró con su actitud. Llevó a casa soldaditos de plomo, trenes de juguete y grandes y preciosos animales de trapo; para darle veracidad a la ilusión que estaba creando —al menos para sí mismo—, preguntó con ímpetu al empleado de la juguetería si el pato rosa desteñiría en caso de que el niño se lo metiera en la boca. Sin embargo, a pesar de los esfuerzos de su padre, nada de aquello le interesaba a Benjamin. Se escabullía por las escaleras de servicio y volvía a su habitación con un volumen de la Enciclopedia Británica, ante el que podía pasar absorto una tarde entera, mientras las vacas de trapo y el arca de Noé yacían abandonadas en el suelo. Contra tamaña tozudez, los esfuerzos del señor Button resultaron poco útiles.

La sensación que causó en Baltimore, en los primeros momentos, fue enorme. No podemos saber lo que aquella desgracia pudo haberles costado a los Button y a sus parientes, porque el estallido de la Guerra Civil dirigió la atención de los ciudadanos hacia otros asuntos. Hubo quienes, con una cortesía irreprochable, se devanaron los sesos para felicitar a los padres hasta que por fin se les ocurrió la ingeniosa argucia de decir que el niño se parecía a su abuelo, lo que, dadas las condiciones decadencia comunes a todos los hombres de setenta años, era imposible de negar. A Roger Button y su esposa no les agradó, y el abuelo de Benjamin se sintió terriblemente ofendido.

En cuanto salió de la clínica, Benjamin se tomó la vida como venía. Invitaron a algunos niños para que jugaran con él, y pasó una tarde agotadora intentando encontrarles algún interés al trompo y las canicas. Incluso se las arregló para romper, casi sin querer, una ventana de la cocina con una gomera, hazaña que su padre vivió con una secreta satisfacción. Desde entonces Benjamin se las ingeniaba para romper algo todos los días, pero lo hacía porque era lo que se esperaba de él, y porque su naturaleza era comportarse de un modo servicial.

Cuando desapareció la hostilidad inicial de su abuelo, Benjamin y aquel caballero descubrieron el placer de su mutua compañía. Tan alejados en edad y experiencia, podían pasarse sentados durante horas, discutiendo como viejos compañeros, con monotonía incansable, los lentos acontecimientos de la jornada. Benjamin se sentía más a sus anchas con su abuelo que con sus padres, que parecían tenerle una especie de temor invencible y reverencial, y, a pesar de la autoridad dictatorial que ejercían, a menudo le trataban de usted.

Benjamin estaba tan asombrado como cualquiera por la avanzada edad física y mental que aparentaba al nacer. Leyó revistas de medicina, pero, por lo que pudo ver, no se conocía ningún caso semejante al suyo. Ante la insistencia de su padre, hizo sinceros esfuerzos por jugar con otros niños, y a menudo participó en los juegos más pacíficos: el fútbol lo trastornaba demasiado, y temía que, en caso de fractura, sus huesos de viejo se negaran a soldarse.

Cuando cumplió cinco años lo mandaron a una guardería donde lo iniciaron en el arte de pegar papel verde sobre papel naranja, de hacer mantelitos de colores y construir infinitas figuras. Era propenso a adormecerse, e incluso a dormirse, en mitad de esas tareas, costumbre que irritaba y asustaba a su joven profesora. Para su alivio, la profesora se quejó a sus padres y éstos lo sacaron del colegio. Los Button dijeron a sus amigos que el niño era demasiado pequeño.

Cuando cumplió doce años los padres ya se habían habituado a su hijo. La fuerza de la costumbre es tan poderosa que ya no notaban que era diferente a los otros niños, excepto cuando alguna anomalía curiosa se los recordaba. Pero un día, pocas semanas después de su duodécimo cumpleaños, mientras se miraba al espejo, Benjamin hizo, o creyó hacer, un descubrimiento asombroso. ¿Era su vista que lo engañaba o en verdad su cabello había cambiado del blanco a un gris acero, bajo la tintura, en sus doce años de vida? ¿Es que la red de arrugas en su cara estaba menos pronunciada que antes? ¿Tenía la piel más saludable y firme, incluso con algo del buen color que otorga el invierno? No podía decirlo. Sabía que ya no caminaba encorvado y que sus condiciones físicas habían mejorado desde sus primeros días de vida.

–¿Será que...? –pensó en lo más hondo, o, mejor dicho, apenas se atrevió a pensar.

Fue a hablar con su padre.

–Ya soy mayor –anunció con determinación–. Quiero usar pantalones largos.

Su padre dudó.

–Bueno –dijo al cabo de un rato–, no sé. La edad adecuada para ponerse pantalones largos es a los catorce años, y tú sólo tienes doce.

–Pero tienes que admitir –protestó Benjamin– que estoy muy grande para la edad que tengo.

Su padre lo miró fingiendo que se embarcaba en difíciles cálculos.

–No estoy muy seguro de eso –dijo–. A mis doce años era tan grande como tú.

No era verdad: aquella afirmación formaba parte del pacto secreto que Roger Button había hecho consigo mismo para creer en la normalidad de su hijo.

Finalmente llegaron a un acuerdo. Benjamin continuaría tiñéndose el pelo, pondría más empeño en jugar con los chicos de su edad y no usaría anteojos ni llevaría bastón por la calle. A cambio de dichas condiciones recibió permiso para su primer traje de pantalones largos.

IV

No diré demasiado sobre la vida de Benjamin Button entre los doce y los veinte años. Es suficiente con recordar que fueron años de normal decrecimiento. Cuando Benjamin cumplió los dieciocho estaba tan derecho como un hombre de cincuenta; tenía más pelo y de un color gris oscuro; su paso era firme, su voz había perdido el temblor cascado: ahora era más baja, la voz de un saludable barítono. Su padre lo envió a Connecticut para que hiciera el examen de ingreso en la Universidad de Yale. Benjamin superó el examen y se convirtió en alumno de primer curso.

Tres días después de matricularse recibió una notificación del señor Hart, secretario de la Universidad, que lo citaba en su despacho para establecer el plan de estudios. Benjamin se miró al espejo: necesitaba volver a teñirse el pelo. Pero, después de buscar angustiosamente en el cajón de la cómoda, descubrió que la botella de tintura marrón no estaba. Entonces se acordó: se le había terminado el día anterior y había tirado la botella vacía.

Se encontraba en apuros. Tenía que presentarse en el despacho del secretario dentro de cinco minutos. No había solución: debía ir tal y como estaba. Y fue.

—Buenos días —dijo el secretario educadamente—. Habrá venido para interesarse por su hijo.

—Bueno, la verdad es que soy Button —empezó a decir Benjamin, pero el señor Hart lo interrumpió.

—Encantando de conocerle, señor Button. Estoy esperando a su hijo de un momento a otro.

—¡Soy yo! —explotó Benjamin—. Soy alumno de primer curso.

—¿Cómo?

—Soy alumno de primero.

—Bromea usted, claro.

—En absoluto.

El secretario frunció el entrecejo y echó una ojeada a una ficha que tenía delante.

—Bueno, según mis datos, el señor Benjamin Button tiene dieciocho años.

—Es la edad que tengo —confirmó Benjamin, enrojeciendo un poco.

El secretario lo miró con un gesto de fastidio.

—No esperará que me lo crea, ¿no?

Benjamin sonrió con un gesto de fastidio.

—Tengo dieciocho años —repitió.

El secretario señaló con determinación la puerta.

—Fuera —dijo—. Vayase de la universidad y de la ciudad. Usted es un loco peligroso.

—Tengo dieciocho años.

El señor Hart abrió la puerta.

—¡Qué ocurrencia! —gritó—. Un hombre de su edad intentando matricularse en primero. Tiene dieciocho años, ¿no? ¡Muy bien! ¡Le doy dieciocho minutos para que abandone la ciudad!

Benjamin Button salió del despacho con dignidad; media docena de estudiantes que esperaban en el vestíbulo lo siguieron con la mirada, intrigados. Cuando hubo recorrido unos metros, se volvió y, enfrentándose al enfurecido secretario, que aún permanecía en la puerta, repitió con voz firme:

—Tengo dieciocho años.

Entre un coro de risas disimuladas, procedente del grupo de estudiantes, Benjamin salió.

Sin embargo el destino no quería que escapara con tanta facilidad. En su melancólico paseo hacia la estación de ferrocarril se dio cuenta de que lo seguía un grupo, luego un tropel y por fin una muchedumbre de estudiantes. Se había corrido la voz de que un loco había aprobado el examen de ingreso en Yale y pretendía hacerse pasar por un joven de dieciocho años. Una excitación febril se apoderó de la universidad. Hombres sin sombrero se precipitaban fuera de las aulas, el equipo de fútbol abandonó el entrenamiento y se unió a la multitud, las esposas de los profesores, con la cofia torcida y el vestido mal puesto, corrían y gritaban tras la comitiva, de la que procedía una serie incesante de comentarios dirigidos a los delicados sentimientos de Benjamin Button.

—¡Debe ser el Judío Errante!

—¡A su edad debería ir al instituto!

—¡Miren al niño prodigio!

—¡Habrá creído que esto era un asilo de ancianos!

—¡Que se vaya a Harvard!

Benjamin aceleró el paso y pronto echó a correr. ¡Ya les iba a enseñar! ¡Iría a Harvard y se arrepentirían de aquellas burlas irracionales!

A salvo en el tren de Baltimore, sacó la cabeza por la ventanilla.

—¡Se van a arrepentir! —gritó.

—¡Ja, ja! —los estudiantes rieron—. ¡Ja, ja, ja!

Fue el mayor error que la Universidad de Yale cometió en su historia.

V

En 1880 Benjamin Button tenía veinte años. Celebró su cumpleaños ingresando a trabajar en la empresa de su padre, *Roger Button & Company, Ferreteros Mayoristas*.

Aquel año también hizo su presentación en sociedad: es decir, su padre se empeñó en llevarlo a algunos bailes elegantes. Para entonces Roger Button tenía cincuenta años, y él y su hijo se entendían cada vez mejor. De hecho, desde que Benjamin había dejado de teñirse el pelo, todavía canoso, parecían más o menos de la misma edad y podrían haber pasado por hermanos.

Una noche de agosto salieron en el carruaje vestidos de etiqueta, camino de un baile en la casa de campo de los Shevlin, justo a la salida de Baltimore. Era una noche magnífica. La luna llena bañaba la carretera de un tono platinado y apagado, mientras que en el aire inmóvil la cosecha de flores tardías exhalaba aromas que eran como risas con sordina. La alfombra de trigo reluciente de los campos brillaba como si fuera de día. Resultaba casi imposible no emocionarse ante la belleza del cielo, casi imposible.

—El negocio de la mercería tiene un gran futuro —estaba diciendo Roger Button, que no era un hombre espiritual: su sentido de la estética era rudimentario—. Los viejos ya tenemos poco que aprender —observó profundamente—. Son ustedes, los jóvenes llenos de energía y vitalidad, quienes tienen un gran futuro en el horizonte.

Las luces de la casa de campo de los Shevlin aparecieron al final del camino. Ahora les llegaba un rumor, como un suspiro inacabable: podía ser la queja de los violines o el susurro del trigo plateado bajo la luna.

Se detuvieron tras un distinguido carruaje cuyos pasajeros se apeaban ante la puerta. Bajó una dama, la siguió un caballero de mediana edad, y por fin apareció otra dama, una joven bella como el pecado. Benjamin se sobresaltó: fue como si una transformación química disolviera y recompusiera cada partícula de su cuerpo. Se apoderó de él cierta rigidez, la sangre le afluyó a las mejillas y a la frente, y sintió en los oídos el palpitar constante de la sangre. Era el primer amor.

La chica era frágil y delgada, de cabellos cenicientos a la luz de la luna y color miel bajo las chisporroteantes lámparas del pórtico. Sobre los hombros llevaba echada una mantilla española del amarillo más pálido, con bordados en negro; sus pies eran relucientes capullos que asomaban bajo el vestido.

Roger Button se acercó confidencialmente a su hijo.

–Ésa –dijo– es la joven Hildegarde Moncrief, la hija del general Moncrief.

Benjamin asintió con frialdad.

–Una criatura preciosa –dijo con indiferencia. Pero, en cuanto el criado negro se hubo llevado el carruaje, añadió–: Podrías presentármela, papá.

Se acercaron a un grupo en el que la señorita Moncrief era el centro. Educada según las viejas tradiciones, se inclinó ante Benjamin. Sí, le concedería un baile. Benjamin le dio las gracias y se alejó tambaleándose.

Fue interminable y larga la espera hasta que llegara su turno. Benjamin permaneció junto a la pared, callado, inescrutable, mirando con ojos asesinos a los aristocráticos jóvenes de Baltimore que revoloteaban alrededor de Hildegarde Moncrief con caras de apasionada admiración. ¡Qué detestables le parecían a Benjamin; qué intolerablemente sonrosados! Aquellas barbas morenas y rizadas le provocaban una sensación parecida a la indigestión.

Pero cuando llegó su turno y se deslizaba con ella por la movediza pista de baile al compás del último vals de París, la angustia y los celos se derritieron como un manto de nieve. Ciego de placer, hechizado, sintió que la vida recién comenzaba.

–Usted y su hermano llegaron cuando llegábamos nosotros, ¿verdad? –preguntó Hildegarde, mirándolo con ojos que brillaban como esmalte azul.

Benjamin dudó. Si Hildegarde lo tomaba por el hermano de su padre, ¿debía aclarar la confusión? Recordó su experiencia en Yale y decidió no hacerlo. Sería una descortesía contradecir a una dama; sería un crimen echar a perder aquella exquisita oportunidad con la grotesca historia de su nacimiento. Más tarde, quizá. Así que asintió, sonrió, escuchó, fue feliz.

—Me gustan los hombres de su edad —decía Hildegarde—. Los jóvenes son tan tontos... Me cuentan cuánto champán bebieron en la universidad y cuánto dinero perdieron jugando a las cartas. Los hombres de su edad saben apreciar a las mujeres.

Benjamin sintió que estaba a punto de declararse. Dominó la tentación con esfuerzo.

—Usted está en la edad romántica —continuó Hildegarde—. Cincuenta años. A los veinticinco los hombres son demasiado mundanos; a los treinta están atosigados por el exceso de trabajo. Los cuarenta son la edad de las historias largas: para contarlas se necesita un puro entero; los sesenta... Ah, los sesenta están demasiado cerca de los setenta, pero los cincuenta son la edad de la madurez. Me encantan los cincuenta.

Los cincuenta le parecieron a Benjamin una edad gloriosa. Deseó apasionadamente tener cincuenta años.

—Siempre lo he dicho —continuó Hildegarde—: prefiero casarme con un hombre de cincuenta años y que me cuide, a casarme con uno de treinta y cuidar de él.

Para Benjamin, el resto de la noche estuvo bañado por una neblina color miel. Hildegarde le concedió dos bailes más, y descubrieron que estaban maravillosamente de acuerdo en todos los temas de actualidad. Darían un paseo en calesa el domingo y hablarían más detenidamente.

Cuando regresaba a casa en el carruaje, justo antes de que amaneciera, cuando empezaban a zumbar las primeras abejas y la luna consumida brillaba débilmente en la niebla fría, Benjamin se dio cuenta vagamente de que su padre estaba hablando de ferretería al por mayor.

—¿Qué asunto propones que tratemos, además de los clavos y los martillos? —decía el señor Button.

–Los besos –respondió Benjamin, distraído.

–¿Los pesos? –exclamó Roger Button–. ¡Pero si acabo de hablar de pesos y balanzas!

Benjamin lo miró aturdido, y el cielo, hacia el Este, reventó de luz, y un ave bostezó entre los árboles que pasaban veloces.

VI

Cuando seis meses más tarde se conoció la noticia del casamiento entre la señorita Hildegarde Moncrief y el señor Benjamin Button (y digo "se conoció la noticia" porque el general Moncrief declaró que prefería arrojarse sobre su espada antes que anunciarlo), la conmoción de la alta sociedad de Baltimore alcanzó niveles febriles. La casi olvidada historia del nacimiento de Benjamin fue recordada y propagada escandalosamente a los cuatro vientos de los modos más picarescos e increíbles. Se dijo que, en realidad, Benjamin era el padre de Roger Button, que era un hermano que había pasado cuarenta años en la cárcel, que era el mismísimo John Wilkes Booth* disfrazado... y que dos pequeños cuernos despuntaban en su cabeza.

Los suplementos dominicales de los periódicos de Nueva York explotaron el caso con ilustraciones fantásticas que mostraban la cabeza de Benjamin Button adosada al cuerpo de un pez o de una serpiente, o rematando una estatua de bronce. En el mundo periodístico llegó a ser conocido como "El Misterioso Hombre de Maryland"; pero la historia real, como suele ocurrir, apenas tuvo difusión.

Como quiera que fuera, todos coincidieron con el general Moncrief: era un crimen que una chica encantadora, que podría haberse casado con el mejor galán de Baltimore, se

---

* John Wilkes Booth (1838-1865) fue un actor estadounidense responsable del asesinato del presidente Abraham Lincoln.

arrojara en brazos de un hombre que tenía por lo menos cincuenta años. Fue inútil que el señor Roger Button publicara el certificado de nacimiento de su hijo en grandes caracteres en el *Blaze* de Baltimore. Nadie lo creyó. Bastaba tener ojos en la cara y mirar a Benjamin.

Por lo que se refiere a las dos personas a quienes más concernía el asunto, no hubo vacilación alguna. Circulaban tantas historias falsas acerca de su prometido, que Hildegarde se negó terminantemente a creer la verdadera. Fue inútil que el general Moncrief le señalara el alto índice de mortalidad entre los hombres de cincuenta años o, al menos, entre los hombres que aparentaban cincuenta años; e inútil que le hablara de la inestabilidad del negocio de la ferretería al por mayor. Hildegarde eligió casarse con la madurez… y se casó.

VII

Al menos en una cosa se equivocaron los amigos de Hildegarde Moncrief: el negocio de ferretería al por mayor prosperó de modo asombroso. En los quince años que transcurrieron entre la boda de Benjamin Button, en 1880, y la jubilación de su padre, en 1895, la fortuna familiar se había duplicado, en gran medida gracias al miembro más joven de la firma.

No hace falta decir que Baltimore terminó por acoger a la pareja en su seno. Hasta el anciano general Moncrief llegó a reconciliarse con su yerno cuando Benjamin le dio el dinero necesario para sacar a la luz su *Historia de la Guerra Civil* en treinta volúmenes, que había sido rechazada por nueve destacados editores.

Quince años provocaron muchos cambios en el propio Benjamin. Le parecía que la sangre le corría con nuevo vigor por las venas. Empezó a gustarle levantarse por la mañana, caminar con paso enérgico por la calle concurrida y soleada, trabajar incansablemente en sus envíos de martillos y sus cargamentos de clavos. En 1890 alcanzó su mayor éxito en los negocios: lanzó la famosa idea de que todos los clavos usados para clavar cajas destinadas al transporte de clavos son propiedad del transportista, propuesta que, con rango de proyecto de ley, fue aprobada por el presidente del Tribunal Supremo, el señor Fossile, y ahorró a *Roger Button & Company, Ferreteros Mayoristas*, más de seiscientos clavos anuales.

Benjamin descubrió que lo atraía cada vez más el lado alegre de la vida. Su creciente entusiasmo por el placer lo convirtió en el primer hombre de la ciudad de Baltimore que fue dueño y condujo un automóvil. Cuando se lo encontraban por la calle, sus coetáneos lo miraban con envidia, tal era su imagen de salud y vitalidad.

—Parece que está más joven cada día —observaban. Y, si el viejo Roger Button, ahora de sesenta y cinco años, no había sabido darle a su hijo una bienvenida adecuada, acabó reparando su falta colmándolo de atenciones que rozaban la adulación.

Llegamos a un asunto desagradable sobre el que pasaremos lo más rápidamente posible. Había una cosa que preocupaba a Benjamin Button: su mujer había dejado de atraerle.

En aquel tiempo Hildegarde era una mujer de treinta y cinco años, con un hijo, Roscoe, de catorce. En los primeros días de su matrimonio Benjamin había sentido adoración por ella. Pero con los años su cabellera color miel se volvió castaña, vulgar, y el esmalte azul de sus ojos adquirió el aspecto de la loza barata. Además, y por encima de todo, Hildegarde había ido moderando sus costumbres, demasiado plácida, demasiado satisfecha, demasiado anémica en sus manifestaciones de entusiasmo: sus gustos eran demasiado sobrios. Cuando eran novios ella era la que arrastraba a Benjamin a bailes y cenas; pero ahora era al contrario. Hildegarde lo acompañaba siempre en sociedad, pero sin entusiasmo, consumida ya por ese desgano perenne que un día viene a vivir con nosotros y permanece a nuestro lado hasta el final.

La insatisfacción de Benjamin se hizo cada vez más profunda. Cuando estalló la Guerra Hispano-Norteamericana en 1898, su casa le ofrecía tan pocos atractivos que decidió alistarse en el ejército. Gracias a su influencia en el campo de los negocios, obtuvo el grado de capitán, y demostró tanta eficacia que fue ascendido a mayor y por fin a teniente coronel, justo a tiempo para participar en la famoso carga contra la colina de San Juan. Fue herido levemente y mereció una medalla.

Benjamin estaba tan apegado a las actividades y las emociones del ejército, que lamentó tener que licenciarse, pero los negocios exigían su atención, así que renunció a los galones y volvió a su ciudad. Una banda de música lo recibió en la estación y lo escoltó hasta su casa.

VIII

Hildegarde, ondeando una gran bandera de seda, lo recibió en el porche, y en el momento preciso de besarla Benjamin sintió que el corazón le daba un vuelco: aquellos tres años habían tenido un precio. Hildelgarde era ahora una mujer de cuarenta años, y una tenue sombra gris se insinuaba ya en su pelo. El descubrimiento lo entristeció.

Cuando llegó a su habitación se miró en el espejo: se acercó más y examinó su cara con ansiedad, comparándola con una foto en la que aparecía en uniforme, una foto de antes de la guerra.

—¡Dios mío! —dijo en voz alta. El proceso continuaba. No había la más mínima duda: ahora aparentaba tener treinta años. En vez de alegrarse, se preocupó: estaba rejuveneciendo. Hasta entonces había creído que, cuando alcanzara una edad corporal equivalente a su edad en años, cesaría el fenómeno grotesco que había caracterizado su nacimiento. Se estremeció. Su destino le pareció horrible, increíble.

Volvió a la planta principal. Hildegarde lo estaba esperando: parecía enfadada. Benjamin se preguntó si habría descubierto al fin que pasaba algo malo. E, intentado aliviar la tensión, abordó el asunto durante la comida, de la manera más delicada que se le ocurrió.

—Bien —observó en tono desenfadado—, todos dicen que parezco más joven que nunca.

Hildegarde lo miró con desdén. Y sollozó.

—¿Y crees que es algo de lo cual presumir?

—No estoy presumiendo —aseguró Benjamin, incómodo.

Ella volvió a sollozar.

—Vaya idea —dijo, y agregó un instante después—: Supuse que tendrías el amor propio suficiente como para terminar con esto.

—¿Y cómo? —preguntó Benjamin.

—No voy a discutir contigo —replicó su mujer—. Pero hay una manera apropiada de hacer las cosas y una manera equivocada. Si tú has decidido ser distinto a todos, supongo que no puedo impedírtelo, pero la verdad es que no me parece muy considerado de tu parte.

—Pero, Hildegarde, ¡yo no puedo hacer nada!

—Claro que puedes, pero eres un cabeza dura, eso es todo. Estás convencido de que tienes que ser distinto. Has sido siempre así y lo seguirás siendo. Pero piensa, sólo un momento, qué pasaría si todos compartieran tu manera de ver las cosas... ¿Cómo sería el mundo?

Se trababa de una discusión estéril, sin solución, así que Benjamin no contestó, y desde aquel instante un abismo comenzó a abrirse entre ellos. Y Benjamin se preguntaba qué fascinación podía haber ejercido Hildegarde sobre él en otro tiempo.

Y, para ampliar aun más la brecha, Benjamin se dio cuenta de que, a medida que el nuevo siglo avanzaba, se fortalecía su sed de diversiones. No había fiesta en Baltimore en la que no se le viera bailar con las casadas más hermosas y charlar con las principiantes más solicitadas, disfrutando de los encantos de su compañía, mientras su mujer, como una viuda de mal agüero, se sentaba entre las madres y las tías vigilantes, para observarlo con altiva desaprobación, o seguirlo con ojos solemnes, perplejos y acusadores.

–¡Mira! –decía la gente–. ¡Qué pena! Un joven de esa edad casado con una mujer de cuarenta y cinco años. Por lo menos debe tener veinte años menos que su mujer.

Habían olvidado (porque la gente olvida inevitablemente) que ya en 1880 sus papás y mamás también habían hecho comentarios sobre aquel matrimonio mal emparejado.

Pero la gran variedad de sus nuevas aficiones compensaba la creciente infelicidad hogareña de Benjamin. Descubrió el golf y obtuvo grandes éxitos. Se entregó al baile. En 1906 era un experto en el *boston*, y en 1908 era considerado un experto del *maxixe*, mientras que en 1909 su *castle walk* fue la envidia de todos los jóvenes de la ciudad.

Su vida social, naturalmente, se mezcló hasta cierto punto con sus negocios, pero ya llevaba veinticinco años dedicado en cuerpo y alma a la ferretería al por mayor y pensó que iba siendo hora de que se hiciera cargo del negocio su hijo Roscoe, que había terminado sus estudios en Harvard. Con frecuencia confundían a Benjamin con su hijo. Semejante confusión agradaba a Benjamin, que olvidó pronto el miedo insidioso que lo había invadido a su regreso de la Guerra Hispano-Norteamericana: ahora su aspecto le producía un placer ingenuo. Aquel delicioso ungüento sólo tenía una contraindicación: detestaba aparecer en público con su mujer. Hildegarde tenía casi cincuenta años, y, cuando la veía, se sentía completamente absurdo.

IX

Un día de septiembre de 1910 (pocos años después de que el joven Roscoe Button se hiciera cargo de la *Roger Button & Company, Ferreteros Mayoristas*) un hombre que aparentaba unos veinte años se matriculó como alumno de primer curso en la Universidad de Harvard, en Cambridge. No cometió el error de anunciar que nunca volvería a cumplir los cincuenta, ni mencionó el hecho de que su hijo había obtenido su licenciatura en la misma institución diez años antes.

Fue admitido y, casi desde el primer día, alcanzó una relevante posición en su curso, en parte porque parecía un poco mayor que los otros estudiantes de primero, cuya media de edad rondaba los dieciocho años.

Pero su éxito se debió fundamentalmente al hecho de que en el partido de fútbol contra Yale jugó de forma tan brillante, con tanto brío y tanta furia fría e implacable, que marcó siete *touchdowns* y catorce goles de campo a favor de Harvard, y consiguió que los once hombres de Yale fueran sacados uno a uno del campo, inconscientes. Se convirtió en el hombre más célebre de la universidad.

Aunque resulte extraño, en tercer curso apenas si fue capaz de formar parte del equipo. Los entrenadores dijeron que había perdido peso, y los más observadores repararon en que no era tan alto como antes. Ya no marcaba *touchdowns*. Lo mantenían en el equipo con la esperanza de que su enorme reputación sembrara el terror y la desorganización en el equipo de Yale.

En el último curso ni siquiera fue incluido en el equipo. Se había vuelto tan delgado y frágil que un día unos estudiantes de segundo lo confundieron con un novato, incidente que lo humilló profundamente. Empezó a ser conocido como una especie de prodigio —un alumno de los últimos cursos que quizá no tenía más de dieciséis años— y a menudo lo escandalizaba la mundanería de algunos de sus compañeros. Los estudios le parecían más difíciles, demasiado avanzados. Había oído a sus compañeros hablar del San Midas, famoso colegio preuniversitario, en el que muchos de ellos se habían preparado para la Universidad, y decidió que, cuando acabara la licenciatura, se matricularía en el San Midas, donde, entre chicos de su complexión, estaría más protegido y la vida sería más agradable.

Terminó los estudios en 1914 y volvió a su casa, a Baltimore, con el título de Harvard en el bolsillo. Hildegarde ahora vivía en Italia, así que Benjamin se fue a vivir con su hijo, Roscoe. Pero, aunque fue recibido como de costumbre, era evidente que el afecto de su hijo se había enfriado: incluso manifestaba cierta tendencia a considerar un estorbo a Benjamin, cuando vagaba por la casa presa de melancolías de adolescente. Roscoe se había casado, ocupaba un lugar prominente en la vida social de Baltimore, y no deseaba que en torno a su familia se suscitara el menor escándalo.

Benjamin ya no era persona grata entre las debutantes y los universitarios más jóvenes, y se sentía abandonado, muy solo, con la única compañía de tres o cuatro chicos de la vecindad, de catorce o quince años. Recordó el proyecto de ir al colegio de San Midas.

—Oye —le dijo a Roscoe un día—, ¿cuántas veces tengo que decirte que quiero ir al colegio?

—Bueno, pues ve, entonces —abrevió Roscoe. El asunto le desagradaba, y deseaba evitar la discusión.

—No puedo ir solo —dijo Benjamin, vulnerable—. Tienes que matricularme y llevarme tú.

—No tengo tiempo —declaró Roscoe con brusquedad. Entrecerró los ojos y miró preocupado a su padre—. El caso es —añadió— que ya está bien: podrías pararte ya, ¿no? Sería mejor... —se interrumpió, y su cara se volvió roja mientras buscaba las palabras—. Tienes que dar un giro de ciento ochenta grados: empezar de nuevo, pero en dirección contraria. Esto ya ha ido demasiado lejos para ser una broma. Ya no tiene gracia. Tú... ¡Ya es hora de que te portes bien!

Benjamin lo miró, al borde de las lágrimas.

—Y otra cosa —continuó Roscoe—: cuando haya visitas en casa, quiero que me llames tío, no Roscoe, sino tío, ¿comprendes? Parece absurdo que un niño de quince años me llame por mi nombre de pila. Quizá harías bien en llamarme tío siempre, así te acostumbrarías.

Después de mirar severamente a su padre, Roscoe le dio la espalda.

X

Al término de esta discusión, Benjamin, entristecido, subió a su dormitorio y se miró al espejo. Llevaba tres meses sin afeitarse, pero apenas si se descubría en la cara una pelusa incolora, que no valía la pena tocar. La primera vez que, en vacaciones, volvió de Harvard, Roscoe se había atrevido a sugerirle que debería llevar anteojos y una barba postiza pegada a las mejillas: por un momento pareció que iba a repetirse la farsa de sus primeros años. Pero la barba le picaba y le daba pudor. Benjamin lloró y Roscoe había acabado cediendo a regañadientes.

Benjamin abrió un libro de cuentos para niños, *Los boy scouts en la bahía de Bimini*, y comenzó a leer. Sin embargo no podía quitarse de la cabeza la guerra. Hacía un mes que Estados Unidos se había unido a la causa aliada, y Benjamin quería alistarse, pero, ¡ay!, dieciséis años eran la edad mínima, y Benjamin no parecía tenerlos. De todas maneras, su verdadera edad, cincuenta y cinco años, tampoco lo habilitaba para formar parte del ejército.

Llamaron a la puerta y el mayordomo apareció con una carta con gran membrete oficial en una esquina, dirigida al señor Benjamin Button. Benjamin la abrió, rasgando el sobre con impaciencia, y leyó la misiva con deleite: muchos militares de alta graduación, actualmente en la reserva, que habían prestado servicio durante la guerra con España, estaban siendo llamados al servicio con un rango superior. Con la carta se adjuntaba su nombramiento como general de brigada del ejército de Estados Unidos y la orden de incorporarse inmediatamente.

Benjamin se puso en pie de un salto, casi temblando de entusiasmo. Aquello era lo que había deseado. Tomó su gorra y diez minutos después entraba en una gran sastrería de Charles Street y, con una voz insegura de soprano, ordenaba que le tomaran medidas para el uniforme.

—¿Quieres jugar a los soldados, niño? —preguntó un empleado, con indiferencia.

Benjamin enrojeció.

—¡Hey! ¡A usted no le importa lo que yo quiera! —respondió con rabia—. Me llamo Button y vivo en la Mt. Vernon Place, así que ya sabe quién soy.

—Bueno —admitió el empleado, titubeando—, por lo menos sé quién es su padre.

Le tomaron las medidas, y una semana después el uniforme estuvo listo. Tuvo algunos problemas para conseguir los galones e insignias de general porque el comerciante insistía en que una bonita insignia de la Asociación de Jóvenes Cristianos quedaría igual de bien y sería mucho mejor para jugar.

Sin decirle nada a Roscoe, salió de casa una noche y se trasladó en tren a Camp Mosby, en Carolina del Sur, donde debía asumir el mando de una brigada de infantería. En un sofocante día de abril Benjamin llegó a las puertas del campamento, pagó el taxi que lo había llevado hasta allí desde la estación y se dirigió al centinela de guardia.

—¡Que alguien recoja mi equipaje! —dijo enérgicamente.

El centinela lo miró con mala cara.

—Oye, niño —observó—, ¿a dónde crees que vas disfrazado de general?

Benjamin, veterano de la Guerra Hispano-Norteamericana, se volvió hacia el soldado echando chispas por los ojos, pero, por desgracia, su voz era aguda e insegura.

—¡Cuádrese! —intentó decir con voz de trueno; hizo una pausa para recobrar el aliento, e inmediatamente vio cómo el centinela entrechocaba los talones y presentaba armas. Benjamin disimuló una sonrisa de satisfacción, pero cuando miró a su alrededor la sonrisa se le heló en los labios. No había sido él la causa de aquel gesto de obediencia, sino un imponente coronel de artillería que se acercaba a caballo.

—¡Coronel! —llamó Benjamin con voz aguda.

El coronel se acercó, tiró de las riendas y lo miró fríamente desde lo alto, con un extraño centelleo en los ojos.

—¿Quién eres, niño? ¿Quién es tu padre? —preguntó afectuosamente.

—Ya le enseñaré yo quién soy —contestó Benjamin con voz fiera—. ¡Baje inmediatamente del caballo!

El coronel se rió a carcajadas.

—Quieres mi caballo, ¿eh, general?

—¡Tenga! —gritó Benjamin exasperado—. ¡Lea esto! —y tendió su nombramiento al coronel.

El coronel lo leyó y los ojos se le salían de las órbitas.

—¿Dónde lo has conseguido? —preguntó, metiéndose el documento en su bolsillo.

—¡Me lo ha mandado el Gobierno, como usted descubrirá enseguida!

—¡Acompáñame! —dijo el coronel, con una mirada extraña—. Vamos al puesto de mando, allí hablaremos. Venga, vamos.

El coronel dirigió su caballo, al paso, hacia el puesto de mando. Benjamin no tuvo más remedio que seguirlo con toda la dignidad de la que era capaz: prometiéndose, mientras tanto, una dura venganza. Pero la venganza no llegó a materializarse. Dos días después, su hijo Roscoe llegó de Baltimore, acalorado y de mal humor por el inesperado viaje, y escoltó al general que lloraba, sin uniforme, de regreso a casa.

XI

En 1920 nació el primer hijo de Roscoe Button. Durante las fiestas de rigor, a nadie se le ocurrió mencionar que el pequeño mugriento que aparentaba unos diez años de edad y jugaba en la casa con soldaditos de plomo y un circo en miniatura era el mismísimo abuelo del recién nacido. A nadie molestaba aquel chiquillo de cara fresca y alegre en la que a veces se adivinaba una sombra de tristeza, pero para Roscoe Button su presencia era una fuente de preocupaciones. En el idioma de su generación, Roscoe no consideraba que el asunto reportara la menor utilidad. Le parecía que su padre, negándose a parecer un anciano de sesenta años, no se comportaba como un "hombre de pelo en pecho" –ésta era la expresión preferida de Roscoe–, sino de un modo perverso y estrafalario. Pensar en aquel asunto más de media hora lo ponía al borde de la locura. Roscoe creía que los "hombres con nervios de acero" debían mantenerse jóvenes, pero llevar las cosas a tal extremo no reportaba ninguna utilidad. Y en este punto Roscoe interrumpía sus pensamientos.

Cinco años más tarde, el hijo de Roscoe había crecido lo suficiente para jugar con el pequeño Benjamin bajo la supervisión de la misma niñera. Roscoe los llevó a los dos al parvulario el mismo día y Benjamin descubrió que jugar con tiras de papel de colores, hacer mantelitos, cenefas y curiosos y bonitos dibujos era el juego más fascinante del mundo. Una vez se portó mal y tuvo que quedarse en un rincón, y lloró, pero casi siempre las horas transcurrían felices en aquella habitación alegre, donde la luz del sol entraba por las ventanas y la amable mano de la señorita Bailey de vez en cuando se posaba sobre su pelo despeinado.

Un año después el hijo de Roscoe pasó a primer grado, pero Benjamin siguió en la guardería. Era muy feliz. Algunas veces, cuando otros niños hablaban de lo que harían cuando fueran mayores, una sombra cruzaba su carita como si de un modo vago e inconsciente se diera cuenta de que eran cosas que él nunca compartiría. Los días pasaban con alegre monotonía. Volvió por tercer año a la guardería, pero ya era demasiado pequeño para entender para qué servían las brillantes y llamativas tiras de papel. Lloraba porque los otros niños eran mayores y le daban miedo. La maestra habló con él, pero, aunque intentó comprender, no comprendió nada.

Lo sacaron de la guardería. Su niñera, Nana, con su uniforme almidonado, pasó a ser el centro de su minúsculo mundo. Los días de sol iban de paseo al parque; Nana le señalaba con el dedo un gran monstruo gris y decía "elefante", y Benjamin debía repetir la palabra, y aquella noche, mientras lo desnudaran para acostarlo, la repetiría una y otra vez en voz alta: "leiante, lefante, levante". Algunas veces Nana le permitía saltar en la cama, y entonces se lo pasaba muy bien, porque si te sentabas exactamente como debías, rebotabas, y si decías "ah" durante mucho tiempo mientras dabas saltos, conseguías un efecto vocal intermitente muy lindo.

Le gustaba mucho sacar del perchero un gran bastón y andar de acá para allá golpeando sillas y mesas, y diciendo: "Pelea, pelea, pelea". Si había visita, las señoras mayores chasqueaban la lengua a su paso, lo que le llamaba la atención, y las jóvenes intentaban besarlo, a lo que él se sometía con un ligero fastidio. Y, cuando daba fin el largo día, a las cinco en punto, Nana lo llevaba arriba y le daba harina de avena y unas ricas papillas a cucharadas.

No había malos recuerdos en su sueño infantil: no le quedaban recuerdos de sus magníficos días universitarios ni de los años espléndidos en que rompía el corazón de tantas chicas. Sólo existían las blancas y seguras paredes de su cuna, y Nana y un hombre que venía a verlo de vez en cuando, y una inmensa esfera anaranjada, que Nana le señalaba un segundo antes del crepúsculo y la hora de dormir, a la que Nana llamaba el sol. Cuando el sol desaparecía, los ojos de Benjamin se cerraban, soñolientos... Y no había sueños, ningún sueño venía a perturbarlo.

El pasado: la salvaje carga al frente de sus hombres contra la colina de San Juan; los primeros años de su matrimonio, cuando se quedaba trabajando hasta muy tarde en los anocheceres veraniegos de la ciudad presurosa, trabajando por la joven Hildegarde, a la que quería; y, antes, aquellos días en que se sentaba a fumar con su abuelo hasta bien entrada la noche en la vieja y lóbrega casa de los Button, en Monroe Street... Todo se había desvanecido como un sueño inconsistente, pura imaginación, como si nunca hubiera existido.

No recordaba nada. No recordaba con claridad si la leche de su última comida estaba tibia o fría; ni el paso de los días... Sólo existían su cuna y la presencia familiar de Nana. Además de eso, no se acordaba de nada. Cuando tenía hambre lloraba, eso era todo. Durante las tardes y las noches respiraba, y lo envolvían suaves murmullos y susurros que apenas oía, y olores casi indistinguibles, y luz y oscuridad.

Luego todo fue oscuridad, y su blanca cuna y los rostros confusos que se movían por encima de él, y el tibio y dulce aroma de la leche, terminaron de desvanecerse.